SENDEROS Y MEMORIAS

Oscar Yujnovsky

Jorge Pinto Books, Inc.

Senderos y Memorias

Copyright © Oscar Yujnovsky.

Derechos de la edición © Jorge Pinto Books Inc. 2021.
http://pintobooks.com

Imagen de la portada: Caïn et Abel, Odilon Redon, 1886, Etching Rjlksmuseum, Copywright Public Domain.
Diseño de la portada: Sonia Yujnovsky

Composición tipográfica: iStudio Publisher
ISBN: 978-1-7364215-1-2

Senderos y Memorias

Para Blanca

Soy

Soy el que sabe que no es menos vano
que el vano observador que en el espejo
de silencio y cristal sigue el reflejo
o el cuerpo (da lo mismo) del hermano.
Soy, tácitos amigos, el que sabe
que no hay otra venganza que el olvido
ni otro perdón. Un dios ha concedido
al odio humano esta curiosa llave.
Soy el que pese a tan ilustres modos
de errar, no ha descifrado el laberinto
singular y plural, arduo y distinto,
del tiempo, que es uno y es de todos.
Soy el que es nadie, el que no fue una espada
en la guerra. Soy eco, olvido, nada.

Jorge Luis Borges

1

Pablo Lombardi subió la escalera para dirigirse al mirador que asomaba en la casona por encima de los techos. Se sentó ante el escritorio y comenzó a escribir. Cuando levantó la vista vio a través de la ventana la luz del farol que señalaba el campo obscuro en la inmensidad de la planicie. El encargado descansaba con su mujer y su hija en el viejo rancho bajo la arboleda. Ni el mugido de un novillo ni el sonido del viento perturbaban la calma de la noche. Pablo sintió que el silencio y la llanura que lo envolvía lo llevaban al interior de sí mismo. Escribir le daba placer, crear con palabras una forma expresiva que nacía de sus ideas, sentimientos y sueños. La escritura lo protegía de la melancolía. Buscaba ordenar los pensamientos a veces contradictorios u oscuros que lo atormentaban. Vino al campo para escribir. No le incomodaba la soledad. Conservaba buena memoria, recordaba sucesos ocurridos mucho antes de que nacieran sus hijos. Ellos los podrán leer o escuchar en los relatos, él los ha vivido. Todavía a los cincuenta y tres años tiene el cabello encrespado y vigoroso, color castaño claro. Siempre mostró una imagen joven a pesar de su edad. El campo le recuerda su infancia, sus padres, el deambular libre a caballo sintiendo el olor de los pastos. En la oscuridad, sus amigos son la arboleda, las lechuzas y los murciélagos, el caballo nochero esperando en el corral.

Pablo pensaba en la historia de su familia, que relataba a menudo el abuelo Don Leandro. Dice León Tolstoi en el inicio de Ana Karenina: "Todas las familias felices son más o menos disímiles, todas las infelices son más o menos iguales". Inició su escritura recordando su encuentro con Alfredo, bebé recién nacido, cuando lo conoció en el sanatorio. Una imagen fragmentaria, imprecisa, pero inconfundible. Probablemente no entendió lo que significaba tener un hermanito. Se irritaba después cuando alguien se detenía ante el niñito sentado en el cochecito de paseo, elogiaba sus ojos celestes y acariciaba su cabello enrulado. En los viajes en auto a la Capital, Freddy viajaba de pie entre sus padres en el asiento delantero, orgulloso de su privilegio. Pablo sufría relegado a la banqueta trasera.

En su vida de niño, la presencia de Alfredo le despertaba celos dolorosos. Los celos eran mutuos. Los hermanos peleaban, se agredían. Quizás los padres, que disputaban su desacuerdo sobre el comportamiento de los hijos, acrecentaban su antagonismo. El padre no ocultaba su predilección por Alfredo a quien consideraba un émulo de su propio rumbo en la vida, le concedía todos sus caprichos, exaltaba sus triunfos y perdonaba sus excesos. Lo llevaba en brazos o sobre los hombros y él se abrazaba a su cuello. Pablo sufría la diferencia, la intolerable pérdida de su padre. ¿Por qué Luciano expresaba preferencia por Alfredo y a él lo reprendía a gritos, colérico, fuera de sí? La madre intervenía para protegerlo, lo defendía, le hablaba con ternura. La respuesta de Pablo a las arbitrariedades del padre era replegarse en el mutismo, ocultar sus lágrimas en un rincón, como si la diosa justicia no tuviera venda.

Hay hermanos que se aman y otros que se odian. ¿Cómo explicar por qué un amor se transforma en odio y puede llegar hasta el crimen?

Pablo Lombardi nació en 1935 en Bahía Blanca, ciudad sureña asomada a la Patagonia. Su hermano menor, Alfredo, nació allí tres años después. Luciano Lombardi, el padre, llegó de Italia en 1914. Ana Isabel, su madre, provenía de una familia sefardí de origen valenciano. Durante un tiempo vivieron con la familia, Don Leandro Téllez, el abuelo materno y Leticia, una sobrina adolescente. La casa familiar se hallaba situada a pocas cuadras del centro, más allá del Teatro Municipal. Cuando los padres trajeron al bebé, Pablo lo miraba como un extraño dormido en la cuna. Ana Isabel lo acomodaba en el cochecito para salir a pasear, Pablo preguntaba:

-¿Por qué viene también Alfredo? -

La pregunta estaba cargada de sentido. Antes de que naciera su hermano, él era el "niño rey", hijo único de Ana Isabel. Ella le enseñó a pintar en hojas grandes de papel y lo llevaba en la sillita de paseo a la plaza donde jugaba en el arenero con un balde y una palita. Ahora era Freddy quien viajaba arropado en el cochecito y a su menor lloriqueo, Ana Isabel detenía la marcha para atenderlo. Cuando reanudaba el paseo, Pablo debía apurar el paso para caminar a su ritmo y el paseo nunca más se orientó a la plaza y al arenero. La madre le prometió que su hermanito sería su amigo, no aceptó esa palabra porque no respondía a lo esencial, la presencia molesta de su hermano. Sin embargo, sus padres se preguntaban ¿por qué llora tanto Alfredo? El gesto de Luciano, alzarlo en sus brazos, no lo calmaba, tampoco la atención y el amor que Ana Isabel le prodigaba, seguía reclamando algo que le faltaba. Su protesta se expresará después en un comportamiento provocativo y autodestructor.

Pablo fue consentido por su madre. Las caricias del baño, sus manos, las pompas de jabón deslizándose por sus piernas. El aprendizaje de la limpieza, la tortura de ir al baño, los horarios. Aprender a recubrir con papel el asiento del baño público. La protección del frío en el invierno gris, levantar los brazos para quedar enfundado en camisetas de franela y sweaters tejidos a mano. Pablito, bien amado. Ana Isabel, mujer envuelta en el recato, dedicada a sus hijos en la primera infancia, presta a restañar sus lloros y satisfacer sus deseos. Pablo la esperaba ansioso en la cama por las noches antes de dormir, la veía acercarse e inclinarse hacia él, su mirada, la suavidad de su contacto. Madre pudorosa, contenida e inaccesible. Valoraba la limpieza y el orden, la casa resplandecía, relucientes los cristales. Pulcritud y aseo, ideal de la imagen pura, quizás para evitar la confusión. Las cuentas claras. ¿Ordenar? Acotar la mente, el tiempo y el deseo.

La casa familiar tenía adelante un jardín con un sendero de lajas que conducía a tres escalones de un porche de entrada ornado por un jazminero. En la parte trasera, en un patio de mosaicos y canteros de verde, crecían dos higueras y un

limonero. En los días soleados de verano, los niños subían a la higue
y se sentaban a horcajadas en la horqueta del árbol para sabore
brevas jugosas. Susurraba el ramaje cuando se deslizaban a tierra p
el tronco leñoso. Al fondo del patio, una Santa Rita de flores rosad
trepaba por un enrejado de madera.

A veces la madre llevaba a los niños a hacer compras a la gran tien
Gath & Chávez. Eran amplios espacios donde se reunía ger
elegante y se ofrecía en venta toda clase de ropa y objetos. La mad
advertía a los niños que no debían separarse de ella, su miedo
perderlos en los corredores. Pablo obedecía. Alfredo se soltaba de
mano y ella debía correr para alcanzarlo y sujetarlo entre sus braz
Una tarde, cuando ella examinaba un pullover, levantó la vista y no v
a su hijo menor. Tembló ¿dónde está Alfredo? Se acercó a u
empleada ¿ha visto usted al niño que estaba conmigo? No, no lo
visto. No te muevas, ordenó a Pablo y corrió hasta el fondo del pasil
Miró hacia ambos lados, vio dos mujeres ante un mostrador. Hacia a
corría un chico, dijo una de ellas señalando una arcada. Ana Isabel
precipitó hacia el lugar. Allá estaba Freddy, fascinado ante d
maniquíes femeninos, remedos de mujeres vestidas de gala, los oj
fijos, inexpresivos, las bocas pintadas. Ana Isabel atrapó al ni
sintiendo el impulso de pegarle, se contuvo. Lo tomó de la man
volvió sobre sus pasos para buscar a Pablo que había queda
esperando. ¿Qué sintió Pablo? Abandono, esperando a su madre c
aprensión entre personas desconocidas.

La ilusión de los niños era subir en el ascensor al tercer piso don
Ana Isabel regalaba a Pablo un libro de cuentos y a Alfredo un auti
Al salir de la tienda compraban helados, cruzaban a la plaza y l
saboreaban sentados en un banco sobre la calle Alsina, frente
Municipio. Pasaban autos, la gente entraba y salía de los negoci
Algunas palomas picoteaban semillas en la vereda. Pablo observa
muy atento que caminaban moviendo el cuello y la cabeza hac
adelante y hacia atrás como si empujaran su cuerpo pa
desplazarse. Cuando se aproximaba una persona, las palom
levantaban vuelo para refugiarse en la altura de los techos y cornis
de los edificios.

Ana Isabel inscribió a sus hijos en la clase de natación del profes
Marcelo Gatti en el Club Argentino. Pablo tiritaba su desnudez en
vestuario de la piscina cubierta. Reaccionó con pudor y vergüen.

cuando su madre lo acompañó al vestuario para ayudarlo a vestir el short de baño. Los otros chicos se desvestían solos, exponiendo el cuerpo desnudo con naturalidad. Cohibido y desdichado, Pablo cubría con sus manos su encogido miembro masculino. Los niños fueron alineados al borde de la piscina y cada uno debió arrojarse al agua, Marcelo los recogía y los llevaba al sector poco profundo de la piscina. Cuando Pablo se zambulló, se hundió y tragó agua, el cuerpo no le respondía, el profesor acudió en su auxilio. La experiencia de Alfredo fue distinta. Lo arrojaron a la piscina y el pequeño emergió a la superficie con movimientos instintivos y logró desplazarse hasta el borde protector. Gatti lo supervisaba sin necesidad de intervenir. Después aprendieron a flotar, a patalear con la tabla y a nadar. Pasó el tiempo, progresaron y un día inolvidable los designaron integrantes del equipo del club que competiría en un torneo de natación en Punta Alta. Pablo tenía diez años de edad y Alfredo siete.

Llegó el gran día. Algarabía de cantos y gritos en el micro ómnibus que los transportaba a la sede del equipo rival. Distribuidos en la tribuna, los espectadores alentaban a los participantes. Pablo subió con confianza a la plataforma de salida de su andarivel. No le habían advertido que la orden de largada sería el disparo de una pistola detonadora. El ruido seco del arma lo distrajo, se arrojó tarde a la piscina y a pesar de su esfuerzo para alcanzar a sus rivales, llegó último. Alfredo ganó su serie en la categoría infantil de veinticinco metros largos. Luciano lo aplaudía entusiasmado desde la tribuna. Pablo se comparaba con Alfredo, sufría la frustración de haber perdido, mientras su hermano menor recibía honores y admiración, su padre festejaba con orgullo sin acordarse de él. Alfredo, si bien había conseguido individualizarse con su logro, tampoco se hallaba satisfecho, le faltaba algo.

En el regreso a Bahía Blanca Pablo se sentía el más desdichado de los seres. Su cuerpo, alrededor del cual se construye la imagen de sí mismo, estaba en el centro de su experiencia de fracaso. No podía tolerar la frustración. Enfermó en la ciudad fría y ventosa, pasó días de cama con fiebre alta. Se consolaba teniendo a su madre para él solo, solícita, hábil con el termómetro y la cuchara con la medicina. Su padre aparecía por las noches, atisbaba desde la puerta frunciendo las cejas. Preguntaba en voz baja ¿tiene fiebre? ¿es grave? ¿qué dijo el doctor? El enfermo simulaba dormir, disfrutando el haberse constituido en la causa de su preocupación. Movido por lo intolerable, la pérdida del amor de sus padres, había conseguido atraerlos, arrancándolos de la atención consagrada a su hermano rival.

La escena en torno a la piscina y el torneo de natación de Punta Alta tienen una acentuada significación. Denotan, más allá de los celos, la emergencia del odio que quedará subyacente en la memoria de los hermanos Lombardi.

Ya adulto, cuando Pablo pasó por Bahía Blanca en un viaje de trabajo, decidió visitar el antiguo hogar familiar. Detuvo el automóvil frente a la casona y descendió para observarla de cerca. Quizás la claridad del día y el sol que iluminaba el deterioro de sus muros lo condujeron al sentimiento de distancia. Su hogar natal aparecía más pequeño, sin el afecto y la emoción de la imagen en la memoria.

2

Desde pequeños, Pablo y Alfredo escuchaban fascinados el relato de la llegada del padre a la Argentina. Don Luciano Lombardi era un hombre parco, reservado, poco dispuesto a hablar de sí mismo. Su historia fue objeto de narraciones en las tardes en que la familia se reunía con el mate en la cocina. Los niños escuchaban atentos, asombrados, seducidos por un padre implicado en hechos que ellos no conocieron y pedían oír una y otra vez la saga de su progenitor. Pablo admiraba al padre ideal.

Contaban que Luciano llegó al país poco antes de la Primera Guerra Mundial. Con trece años de edad viajó solo de Génova a Buenos Aires en la tercera clase de un buque de ultramar, enviado por sus padres para trabajar en la chacra de un tío en la provincia de Santa Fe. El padre lo despidió en el puerto de Génova y lo saludó desde el muelle cuando el barco hizo sonar la sirena. Nunca más lo vio. Luciano realizó esfuerzos para forjarse un porvenir. Después de dejar la chacra, la seguridad en sí mismo y la capacidad de afrontar todos los obstáculos le facilitaron ejercer varios oficios, changarín, ayudante en pariciones de ganado y hacer algún dinero manejando un tractor. Paralelamente estudió, logró el diploma de bachiller como alumno libre, se inició en el comercio y a los treinta años de edad instaló en Bahía Blanca un lucrativo negocio de ferretería y materiales de construcción que atendía con la ayuda de dos empleados. Era un hombre más bien bajo, robusto, de cabello renegrido y bigote poblado, una persona que sabía defender sus intereses con astucia y rudeza.

Cuando los niños se retiraban para reiniciar sus juegos, los adultos proseguían los relatos. Decían que Luciano adquirió pronto fama de hombre egoísta y de carácter irascible. Los vecinos se preguntaban ¿Cómo siendo un comerciante modesto pudo comprar un negocio que requería un capital apreciable? Quizás logró un préstamo bancario, porque los prestamistas privados de los pueblos cobraban intereses de usura. Otros opinaban con picardía que el dinero lo habría ganado jugando al póker. ¿Por qué Bahía Blanca? Centro exportador de cereales a través del puerto Ingeniero White, ofrecía un mercado creciente para su negocio y, además, él desestimaba vivir en un pueblo pequeño. Una tarde, alguien refirió la historia de un antropólogo que vivió e interrogó a las personas en pueblos de la provincia. Encontró que el aburrimiento ciudadano se combatía mediante dos actividades predominantes, el juego y el sexo. Se jugaba al póker los fines de semana hasta altas horas de la noche. Se contaba la historia de un estanciero de Médanos, que perdió en una apuesta su estancia y su mujer. La pasión nocturna más difundida era sin duda el adulterio. A se citaba con B, B con C y C con D. La cadena se extendía a una maraña intrincada de relaciones furtivas. La infidelidad no constituía un problema siempre que el engaño no fuese descubierto lo cual podía demandar a veces mucho tiempo. También conllevaba tiempo perdonar una infidelidad, que variaba con las circunstancias y condiciones del engaño.

Esas tardes de mate invitaban al desliz en rumores. Se decía que las características personales de Luciano Lombardi, rudo y mujeriego, le granjearon grandes disgustos con su esposa, desavenencias y riñas por sospechas de adulterio, pero también motivadas por la relación con los hijos. Opinaban que quizás Ana Isabel asumió con exceso su rol de madre, alejándose sensualmente de Luciano. Contaban que después de escenas espinosas que provocaban una breve separación del matrimonio, la pareja volvía a unirse hasta el próximo episodio.

Se referían a la madre con simpatía. Decían que Ana Isabel Téllez nació en España en el seno de una familia de origen sefardí. Diplomada en lenguas, estudió literatura, pero nunca trabajó. Sometida a la dominación del esposo, se dedicó exclusivamente a los quehaceres de la casa y al cuidado de los hijos. En su conversación, ella a veces aludía al nivel social elevado de su familia en Valencia, que le permitía disfrutar de espectáculos teatrales, ajuar y muebles de diseño francés. ¿Cómo esa mujer bonita, de gustos refinados, se casó con un hombre que prácticamente desconocía? Lo conoció en una fiesta y quizás al saber que con trabajo y osadía Luciano Lombardi había acrecentado su situación económica, pensó que el casamiento le permitiría emanciparse de las limitaciones y el convencionalismo social de su familia.

¿Quién era Ana Isabel? En una fotografía antigua con bordes dentados, apoyada en el tocador del dormitorio, ella aparece vestida a la usanza de los años treinta. Peinado corto en bucle, sombrero blanco ladeado, guantes y zapatos blancos, caminando del brazo de su flamante marido por la rambla de Mar del Plata durante su luna de miel. Luciano va erguido a su lado, con anteojos y bigote, una mano en el bolsillo del pantalón de su traje, corbata, zapatos lustrados y sombrero de ala redonda.

Avatares trágicos hicieron sufrir y llorar a la familia materna después de la inmigración. La abuela Ana murió en un accidente atropellada por un camión cuando cruzaba una avenida. Su hija Eugenia, hermana mayor de Ana Isabel, falleció en el parto de un hijo varón que no sobrevivió. Su marido, un hombre que se jactaba de grandes negocios y en realidad era un consumado fabulador, abandonó el hogar días después del entierro. La hija, Leticia, fue recogida por los Lombardi en Bahía Blanca. Fue la primera vez que los niños escucharon hablar de muerte y abandono. Leticia repetía el grado escolar y tartamudeaba al hablar. Quizás por esas razones, Ana Isabel se sentaba con ella por las tardes, empeñada en que preparara las lecciones. Con falta de clarividencia acerca de los trastornos psicológicos, una vez le dijo: -Terminarás el secundario, aunque sea pasando por encima de mi cadáver- Ana Isabel no murió cumpliendo su predicción, Leticia tampoco terminó la escuela, se fue de la casa. Cuando ya la familia vivía en Buenos Aires, una tarde se comunicó por teléfono para decirles que se había casado. Nunca más volvió a llamar.

El abuelo, Don Leandro Téllez Osorio, español, sefardí de

origen, no religioso, era una voz de transmisión de la historia familiar. Hombre culto, hablaba varios idiomas, en los estantes de su biblioteca había libros y diccionarios en español, inglés, francés e italiano. Pablo estableció con el abuelo un lazo fuerte que no existía con sus padres ni con Alfredo, con quien el abuelo no tenía comunicación. La música estaba en el centro del diálogo con el abuelo y jugó un papel importante en la formación del nieto. Don Leandro tocaba el violín en el cuarto alto que miraba al patio. Pablo escuchaba sus interpretaciones sentado a su lado sobre el almohadón de un silloncito de estilo francés. El abuelo colocaba en el atril partituras de obras de Sarasate, el violinista de Pamplona. Iniciaba una introducción lenta seguida por una rápida danza de difícil ejecución. La portada de la partitura llevaba un título escrito en alemán con letras afiligranadas estilo Art Nouveau, "Zigenerweissen" (Aires Gitanos). El abuelo Leandro explicó el significado, Tzigane, gitan, gitanos, pueblo errante, pueblo Roma, oriundo de la India y, como los judíos, marginado, perseguido:

-A nosotros también nos persiguieron. Los sefardíes debieron ocultarse, cambiar de nombre, convertirse al cristianismo, son los marranos. Expulsados de España, los judíos se fueron al norte de África y a Turquía-

El diálogo llevaba a Pablo a imaginar lejanos lugares en el mundo. Desde muy pequeño se preguntaba si Téllez Ossorio había sido un apellido españolizado que necesitaron para subsistir en España. En cuanto a su propio apellido, encontró en una guía genealógica que Lombardi podría provenir del nombre medieval ítalo germánico Lombardo, "hombre de la barba larga", de la región de Longobardi. Aprendió que el apellido se encuentra en toda Italia, pero se halla más difundido en la región de Molise, área montañosa de los Apeninos que se extiende hacia el este hasta la costa del Adriático.

3

El ritmo cotidiano de la familia Lombardi estaba marcado por la ausencia casi total del padre y la presencia de la madre. Luciano partía muy temprano al trabajo en el Chevrolet negro después de haber tomado su mate amargo. Regresaba muy tarde, no había cena familiar. Esta forma de vida implicaba para los niños privación de afecto del padre, que delegaba en su esposa el cuidado de la educación y el comportamiento de los hijos y las tareas del hogar.

Los niños bajaban al comedor para el desayuno y después caminaban para ir a la escuela. Por las tardes y los fines de semana retozaban en el patio y en el jardín. Jugaban a chocar dos tapitas de bebidas gaseosas o de cerveza que recogían bajo las mesas del club Napostá. En días de lluvia o de intenso frío se enfrentaban en juegos de mesa, la oca, lotería, naipes, juegos de estrategia y dibujo en bloques de papel. Luchaban cuerpo a cuerpo y muchas veces el ejercicio se transformaba en pelea violenta y lloros clamorosos. Jugaban en la vereda de la calle tranquila. Volaban por el aire las figuritas redondas con las efigies sagradas de los jugadores de fútbol. Alfredo con el triciclo, Pablo ostentando su superioridad con su bicicleta sin rueditas. Invitaban amigos los días de cumpleaños. Bullicio de risas, corridas, suspenso, gritos, cuando alguien apagaba la luz. Alfredo gemía detrás de la puerta cerrada, los mayores no permitían su entrada al cuarto de juegos. Intervenía Ana Isabel:

- ¿Por qué no dejan entrar a Freddy? -

-Porque molesta, interrumpe los juegos, vuelca las fichas, patea los soldaditos-

En toda la infancia se expresa el rechazo de Pablo, consideraba a Alfredo un objeto molesto e insoportable. Alfredo escuchaba de su hermano que él era molesto. Lo sentía como una desvalorización, él sobraba, no tenía lugar, lo excluían. No podía participar en el juego de vigilantes y ladrones persiguiéndose con revólveres de juguete como los héroes en las películas. Cuando fueron creciendo, los fines de semana concurrían a las funciones de matinée del cine. Preferían las películas seriales de aventuras en los mares del sur o en la selva, westerns con tiroteos o películas de piratas y espadachines. Héroes como El Enmascarado Solitario y Clyde Beatty, el domador de fieras, que enfrentaba al león rugiente con dos palos largos. Las películas de Carlitos Chaplin y Los Tres Chiflados con sus gags y bofetadas, tonterías conmovedoras de adultos que siguen siendo niños, hipocresía social y burla a la autoridad. Pablo disfrutaba las funciones comiendo chocolatines y mirando despreciati-vamente a Alfredo, que se tapaba los ojos, cada vez que una escena hería su sensibilidad.

Cuando Pablo comenzó a asistir a la escuela lo acompañaba su mamá, luego aprendió a ir solo guiándose por los hitos del itinerario que ella le enseñó. Más tarde debió conducir a Alfredo, que concurría a la misma escuela pública. Alfredo, con su guardapolvo descuidado, rebelde, se soltaba de su mano y subía a todos los parapetos y rejas que encontraba. El peligro de una caída, cruzar la calle sin mirar. Y en la escuela, tenía que protegerlo de riñas con sus compañeros de acuerdo con la consigna recibida:

-Eres el hermano mayor, Freddy es pequeño, debes cuidarlo-Detestaba esa carga ¿guardián de su hermano, un chico ingobernable, que piensa que puede hacer lo que quiere? Las demandas de la madre traían a la luz el fondo de agresividad que desde su llegada había despertado "el intruso". El mito que nos confronta a la agresividad humana es la historia de Caín y Abel. Adonai le pregunta a Caín por qué ha cometido ese horrible crimen y éste le responde ¿acaso soy guarda de mi hermano? Caín asesino nos revela la horrible posibilidad de la vida pulsional del hombre. El odio y la envidia son motivo de crimen. Deseo de muerte del hermano.

Durante toda su infancia Pablo percibió a Alfredo como un objeto a rechazar. Cuando le confiaron un rol de protección no quería "dar". Al mismo tiempo, su hermano se irritaba cuando escuchaba que debía ser cuidado, una posición que suscitaba pérdida de la autoestima. Alimentaba rencor y rabia contra Pablo.

En la escuela, Pablo no controlaba su cuerpo, era poco dotado para el juego de pelota. Se aislaba refugiándose en la lectura, se sentía diferente de sus compañeros. Esa diferencia lo hacía sufrir y la escuela comenzó a ser un espacio de aislamiento. El gobierno surgido del golpe militar de 1943 ahondó esa diferencia instituyendo la enseñanza religiosa en las escuelas. Pablo debía abandonar el aula para asistir a la clase de moral cuando los alumnos comenzaban el aprendizaje del padrenuestro con el cura. Descubrió con amargura, aunque sin poder comprenderlo, que un poder autoritario podía afectar radicalmente su vida. El tío Gabriel, médico, hermano mayor de su madre, quien escuchó y entendió las dudas del sobrino le habló de la diferencia entre países en los cuales existe separación entre la Iglesia y el Estado y países como la Argentina, en los cuales esa separación no existe. Las conversaciones con el tío Gabriel dieron respuesta a múltiples cuestiones para las cuales el niño no encontraba interlocutor ni en la casa ni en la escuela. El tío también ayudaba a aliviar la angustia de los sobrinos, ante las noticias radiales acerca de los sucesos trágicos de la Segunda Guerra Mundial. A los siete años y aun a los diez, es muy difícil asumir sin congoja las imágenes que se forman en la mente de un niño, sumergida en fantasías oscuras de muertos y heridos, de bombas y granadas.

Durante las vacaciones escolares, a menudo pasaban el verano en Monte Hermoso con su extensa playa de arena al borde del mar. Se alojaban en el antiguo hotel de Luis Campetella, un edificio de madera pintado de verde para protegerlo del aire salino. Desde la altura del hotel, Pablo contemplaba el movimiento de las olas y los colores cambiantes del cielo. Cuando soplaba el viento sur no se bañaban, la corriente del fondo del mar traía a la costa aguavivas que castigaban las piernas con sus filamentos. No soportaba la visión de su madre jugando a construir castillos junto a Alfredo, se iba solo a explorar las dunas de arena caliente, a seguir las minúsculas trazas de algún coleóptero, atrapar una lagartija dormida al sol. Eran muy ligeras y escurridizas, escapaban dejando huellas de sus patitas en la arena de la duna.

Las vacaciones de invierno o los días festivos semanales eran la ocasión de viajar a Buenos Aires. Cuando en la madrugada encendían la luz del dormitorio de los niños, significaba que era hora de levantarse para el viaje. Pablo respondía con presteza, Alfredo tardaba en ponerse de pie. Los padres se hallaban atareados desde la madrugada preparando el equipaje con la infaltable valijita celeste de Ana Isabel conteniendo el termo con agua caliente, mate, bombilla y el paquete de yerba. Luciano cargaba las valijas en el baúl del coche y partían muy temprano, el barrio en silencio. Al salir de la ciudad, a través de las ventanillas el camino arbolado, luego la monotonía de la ruta nacional en la uniformidad de la planicie. Ana Isabel cebaba mate, Luciano lo sorbía sin apartar la vista del camino. Tomaban el desayuno a la entrada de Manuel Dorrego y volvían a la carretera con la visión del horizonte colorido donde el cielo gris se juntaba con la llanura. Campos sembrados de trigo y praderas de pasto verde. El cielo celeste muy claro después de la salida del sol. La ruta recta, siempre igual. Sólo un monte de arbustos silvestres cada tanto, un cruce de caminos, quizás un paisano galopando al borde de la ruta. Los postes de telégrafo y el paisaje parecían correr velozmente hacia atrás. Pasaban pueblos, Tres Arroyos, González Chávez, Benito Juárez, Chillar y Azul a mitad de camino. A veces dejaba de soplar la brisa y en el cielo gris se veía una capa de nubes, no se esperaba lluvia. Freddy, siempre dormido, apoyaba la cabeza sobre el brazo de su madre. Pasando Cañuelas se percataban de la inminencia de la llegada. Recorrían los últimos tramos para incorporarse al tránsito de vehículos que circulaban por las calles de Buenos Aires. Por fin llegaban a la calle Junín. Subían en el ascensor apretados con las valijas presintiendo la emoción del encuentro. Besos de la abuela Cecilia y la tía

Antonia, que habían venido de Italia antes de la guerra. Se respiraba un aroma distinto en el departamento de la tía. Libros en los anaqueles. Poesía: Rubén Darío, Almafuerte, Juan L. Ortiz, el poeta entrerriano. Pablo Neruda: "Veinte poemas y una canción desesperada".

Bahía Blanca se halla al borde de la Patagonia mirando al mar. La ciudad nació en 1828 como humilde fuerte militar para defender el territorio de los indios de Calfucurá. Charles Darwin visitó el lugar en 1833. Hizo a caballo el trayecto de Bahía Blanca a Buenos Aires atravesando la provincia en doce días, durmiendo al raso acompañado por cuatro gauchos. Escribió en El viaje del Beagle: "Bahía Blanca apenas merece al nombre de aldea". Unas pocas casas y barracas para las tropas, circundadas por una muralla con una zanja. El sabio británico llegó a Bahía Blanca después de haberse entrevistado con el General Juan Manuel de Rosas, comandante de las tropas acampadas a orillas del río Colorado. Relata que a pocas millas de Punta Alta encontró en la barranca y en la playa muchos fósiles de animales gigantescos, megaterios, megalonyx, mylodontes y extintos antecesores de los caballos y los armadillos. Lo sorprendió descubrir cuan numerosas eran las especies de los antiguos habitantes del país. Los fósiles atestiguan que bajo el damero de calles y edificios de Bahía Blanca se halla una poética estratigrafía de nuestros colosales antepasados. Evidencia que sólo somos sujetos transitorios en los vastos procesos de la historia.

Charles Darwin escribió en 1833 que Buenos Aires era una gran ciudad, una de las más regulares en el mundo, con manzanas cuadradas y calles perpendiculares que se cruzan. Dice que el aspecto de los edificios era de una considerable belleza arquitectónica, aunque ninguno individualmente. Pablo pensaba en 1945 que Buenos Aires era una ciudad mucho más grande que Bahía Blanca, con edificios elevados y tránsito de autobuses coloridos. Una ciudad donde la gente caminaba apresurada, donde lo llevaban a la confitería El Molino a tomar el té con merengues de crema. Alfredo no pensaba en la ciudad sino en los pataleos que lo conducirían a obtener dos merengues de dulce de leche.

4

La chacra de Luciano en Médanos era un predio seco, de pastos duros, apto para la cría y engorde de ovejas cara negra. Durante los veranos, desde muy pequeño, Pablo se quedaba a vivir en el campo a cargo del encargado, don Enrique Blanco, un criollo robusto de ancho bigote, vestido con bombachas, botas acordeón y rastra a la cintura. Montaba Don Enrique un picazo de gran talla capaz de aguantar su peso. Pablo sostenía firme las riendas de su petiso malacara. Aprendió a montar a los cuatro años de edad, luego galopaba al viento. Sus padres llegaban los fines de semana con Alfredo, que no quería quedarse en el campo para no separarse de los padres. En ausencia de Pablo, lograba atención exclusiva. Cuando llegaba al campo los perros se precipitaban a husmearlo, jugueteaban, él se asustaba. Se dirigía al gallinero para molestar a las gallinas o corría para perseguir un gatito.

Pablo realizaba actividades que alimentaban su interés por la naturaleza. Tenía su propia manera de relacionarse con el campo, con el placer de observar las aves. Desde pequeño sentía atracción especial por los pájaros, reconocía su canto sentado a la sombra de algún montecillo.

Una mañana de febrero, Luciano y Don Enrique recorrían el campo a caballo para apreciar el estado de la hacienda y las alambradas. Pablo los acompañaba montado en su petiso malacara. El encargado desmontó del picazo, abrió la cadena de la tranquera y ellos guiaron a los caballos para entrar al potrero. El encargado cerró la tranquera, subió al animal pesadamente y los siguió al trote corto. Las ovejas se movían dóciles en la majada formando grupos, los corderos con sus madres. Pablo preguntó:

- ¿Por qué caras negras y no ovejas blancas, lanudas? -

-Es una raza resistente, dan buena carne y lana entrefina- explicó su padre.

Le aburrían las conversaciones de los adultos, andar al paso, apartó su caballo y trato de apurarlo. El petiso trotaba con reticencia quizás intimidado por algo que había entrevisto, alguna mata oscura, la cueva de una vizcacha escondida en el pasto alto. Lo dejó hacer y después lo animó para iniciar un galope en dirección a su sitio preferido, la arboleda contigua al tanque de agua. Desmontó y ató rápidamente las riendas a un poste del alambrado. Se sentó a la sombra del monte y se entregó al placer de escuchar los sonidos de la naturaleza. Oía el canto del zorzal en la maleza. Piaban los gorriones. Volaban libélulas hacia el agua del tanque. Chirridos de grillos y saltamontes ocultos en el pasto. Poco a poco la luz fue cambiando de manera imperceptible y las nubes grises en el cielo indicaban la inminencia de una llovizna. Desató al petiso, montó ágilmente y lo estimuló para iniciar un galope en el regreso.

Un mediodía de sol intenso en el campo, eludió la siesta a la que lo obligaba su madre. Ella había cerrado los postigos de las ventanas para protegerlo de la luz y el calor. Sólo unas rayas de luz pasaban a través de las rendijas de los postigos proyectándose sobre la pared. Le resultaba insoportable quedar encerrado en la oscuridad. La siesta era para Alfredo, no para él. Esperó un tiempo prudencial, abrió la puerta sigilosamente y escapó a la libertad y al ardiente sol del verano. Su padre se hallaba sentado en una reposera a la sombra de un árbol leyendo un libro. Se sentó a su lado. Luciano no lo miró, pero hizo un gesto de asentimiento aceptándolo en silencio. Sereno por no haber sido reprendido, se levantó y caminó hacia la arboleda de álamos, acacias y paraísos que rodeaban la galería. Cantaban los horneros celebrando la luz a la hora de la siesta, se oía el arrullo lejano, intermitente, de palomas torcazas. Los horneros cantaban a dúo. No se los veía ocultos en el follaje de los árboles. Anunciaban la puesta con el canto. Pablo había introducido con miedo su mano derecha en el nido de barro seco, extrayendo un huevito blanco con pintas marrones. Se arrepintió de robarles un huevo y suavemente lo repuso en el nido. "La casita del hornero tiene alcoba y tiene sala" dice el poeta Leopoldo Lugones. Un hogar instalado con tenacidad y esmero en el poste blanco de la tranquera.

Al otro lado de la arboleda revoloteaba una bandada de tordos renegridos, pájaros que ponen huevos en nidos ajenos para que otros críen su descendencia. Más allá, en pleno campo, se oía el canto de los mistos. Las pequeñas avecitas amarillo verdosas, parientes de los jilgueros, se levantaban en masa hacia el cielo en otoño y cantaban al unísono como una nube sonora.

Por la tarde le confiaron la custodia de Alfredo que había quedado en su cuarto a la sombra protectora de la siesta. No dormía, esperaba sigiloso el regreso del hermano y fantaseaba con la libertad del mayor que lograba engañar a la madre y el acuerdo del padre. Se llenaba de rencor y esperaba el momento de tender una trampa para hacer regañar a su hermano. Cuando Pablo lo vino a buscar, aceptó con reticencia la propuesta de caminar hacia el tanque y el molino. Se acercaron a la tranquera y allí encontraron a Santi, un peoncito de baja estatura, de trece años de edad. Empuñaba una honda fabricada con una horqueta de rama y un cuerito de vaca enlazado por lonjas de goma cortadas de una vieja cámara de neumático. Para demostrar su destreza, sostuvo firme la horqueta en su mano izquierda y, con el brazo derecho, estiró las gomas. La piedra salió disparada como un latigazo golpeando el poste elegido como blanco. Caminaron hacia la casona. De pronto, Santi levantó un brazo, señal de detenerse. Un ave rapaz de color blanco puro se hallaba posada sobre uno de los parantes del alambrado. Una aparición inmóvil, maravillosa en su hermosura. El peoncito estiró las gomas, apuntó y antes de que pudieran impedirlo, disparó el arma. El ave cayó al pasto gris herida en el pecho al pie de los eucaliptus. Sangre en el pecho blanco, los ojos semi cerrados, sangre en el pasto. Sin sospechar la aflicción de sus compañeros, el peoncito tomó el ave por las alas y las abrió al aire en triunfo ¡Un halcón blanco! Exclamó. Asomaban lágrimas en los ojos de Pablo:

- ¿Qué has hecho? Matar un halcón blanco está prohibido.

¡Es un crimen horrendo! -

Alfredo no dijo nada, miraba hacia otro lado, no podía sostener la visión de la sangre en el pecho del ave, le resultaba intolerable imaginar el sufrimiento del animal.

Los viajes a la chacra terminaron de modo abrupto. Luciano recibió un llamado telefónico urgente y se precipitó a poner en marcha el automóvil, se dirigió hacia el sur. Encontró el campo incendiado, cenizas en los potreros. Perdida por completo la cosecha de trigo, murieron muchos animales. Las casas se salvaron y también Don Enrique Blanco.

5

La familia se trasladó a Buenos Aires en 1946. Era la época del primer gobierno peronista cuando crecía la industria liviana. Luciano estableció una empresa de importación de hierro en la Capital y se beneficiaba de contactos provechosos con altos funcionarios del Instituto Argentino para la Promoción del Intercambio, IAPI. Alardeaba conocer a Miguel Miranda, ex presidente del Banco Central, primer director del IAPI. Perón lo nombró al frente del Consejo Económico y Social, desde donde lo asesoraba en la política económica y el Plan Quinquenal. Luciano Lombardi hacía caso omiso de las acusaciones de corrupción que se dirigían a los funcionarios del IAPI por la asignación de cupos de licitaciones de importación. ¿Cuáles fueron las vías por las cuales obtuvo el dinero para adquirir un campo agrícola-ganadero rendidor, vecino a Arrecifes, en la provincia de Buenos Aires? ¿Los permisos de importación?

Vivían en el tercer piso de un edificio de departamentos en el barrio de Belgrano con buenos servicios de transporte público. Una mañana Luciano invitó a Pablo a acompañarlo en una visita de inspección al Puerto de Buenos Aires. Se había declarado una huelga de estibadores y quería cerciorarse que las instalaciones y cargamentos de la empresa se hallaban seguros. Detuvo el automóvil frente a la entrada de la Dársena Sur.

-Yo soy uno de los pocos que pueden acceder al puerto en tiempos de huelga- dijo con orgullo a su hijo. -Los sindicalistas me respetan porque saben que conmigo pueden dialogar-

Un piquete de huelguistas se hallaba en la vereda, otros al interior de la dársena. Abrieron una de las hojas de hierro del portón y los dejaron pasar. No había un gran movimiento en el puerto. Galpones y depósitos cerrados, tanques de combustible, pilas de maderas y rollos de sogas, un barco con chimeneas negras y bandera extranjera fondeado detrás de un guinche elevado. De pronto, los visitantes advirtieron la amenaza. Dos grandes perros pastores alemanes venían corriendo desde el fondo de la dársena y se precipitaron hacia ellos ladrando con furia.

-No te muevas, quédate quieto- advirtió Luciano.

Los perros se acercaron hasta tocarlos suavemente. El primero rodeó el cuerpo de Luciano, introdujo el hocico en el bolsillo derecho de su pantalón y con habilidad extrajo el regalo, barras de chocolate. El segundo hizo lo propio hurgando el bolsillo izquierdo. Satisfechos, los perros partieron meneando la cola y se perdieron en el fondo del muelle.

Pablo apreció la invitación del padre. Freddy no estaba.

Pablo concurría a un colegio de enseñanza media. Tenía trece años, saliendo de la pubertad. Le era difícil convivir con compañeros que tenían una cultura porteña desenvuelta, distinta de su inocencia provinciana. Alfredo, con sus diez años, sobresalía en un grupo de menores revoltosos. Un atardecer, Pablo le contó un hecho en el que participó en la academia de dibujo. Varios compañeros lo instaban a coro a besar a una compañera. A ella no parecía disgustarle la ocurrencia, lo miraba con ojos expectantes. Dudó un instante antes de depositar un tímido beso en su mejilla. Todos rieron. Al escuchar el relato, Alfredo no pudo reprimir una risa de burla que ofendió a su hermano. Pablo había venido a pedirle sostén ante su fracaso y él respondió con la violencia de la burla. Pablo hubiera querido golpearlo para descargar su impotencia. Se refrenó.

El rencor de la infancia se agravó en la adolescencia. Los desacuerdos entre Pablo y Alfredo debidos a la edad, la frecuentación de distintos grupos de pares y las diferencias en los resultados escolares, los separaron cada vez más. Mientras Pablo parecía asumir sus transformaciones y respondía con interés al trabajo en la escuela, Alfredo era un alumno desaplicado, desatento y de mala conducta. Se escapaba del colegio para vagar por los barrios con una banda de bribonzuelos, colarse en el cine o en un partido de fútbol, robar cigarrillos o frutas de algún stand de la vereda.

En la casa se sentía permanentemente rebajado por las expresiones de Pablo, quien a menudo continuaba diciendo "me molesta". Cuando su conducta provocaba juicios negativos de los profesores, Alfredo sentía que había obtenido lo que buscaba, quería ser reconocido por su capacidad de transgredir los marcos institucionales.

Pablo era un adolescente taciturno y concentrado, de piernas delgadas, rostro regular y anteojos de marco negro. Experimentó cambios en su cuerpo y había crecido en altura. Se miraba en el espejo, su corte de cabello, la sombra aparecida sobre el labio superior. Si los padres hacían una observación, respondía "mi cuerpo me pertenece, no soy un bebé". Antes era afectuoso, ahora se volvió distante. Criticaba la autoridad de los padres. Defendía su cuarto de la intrusión de su madre, reivindicando su manera de vivir, su desorden, colocaba fotografías en blanco y negro y recortes de revistas sobre la pared. Había establecido con el tío Gabriel una relación de cercanía y confianza. El tío venía a visitarlo en su cuarto, sostenían un diálogo animado sobre el momento en que vivían y la condición social de los seres humanos. Leían apasionados poesías de Federico García Lorca, Neruda y Arthur Rimbaud. Lector asiduo, a Pablo le interesaba el conocimiento científico. El tío le recomendó estudiar medicina y le hablaba con convicción de la labor encomiable de los grandes hombres de la ciencia médica y la salud, Eduardo Jenner, Luis Pasteur. Le regaló el libro de Charles Darwin, "El origen de las especies"; y de Henri Fabre, "Recuerdos Entomológicos". La obra del sabio francés, modesto maestro de Provenza, fundador de la entomología, lo entusiasmó. Se propuso emularlo, estudiar la vida de los insectos. Un amigo del tío Gabriel le fabricó en su taller una red con aro de madera y tapa móvil capaz de resistir el embate de avispas irascibles. Compró cajas de colección y comenzó a disponer especímenes mediante alfileres y tarjetas donde consignaba los datos de cada ejemplar.

Pablo comenzaba a tener conciencia del otro sexo, iba a

refugiar los cambios y transformación de su adolescencia en el campo o en un parque, buscaba la soledad. Pasaba horas protegido a la sombra de arbustos y plantas verdes que crecían a lo largo de las vías férreas de Buenos Aires. Para él eran verdaderos paraísos de flores silvestres amarillas donde acudían a libar abejas, avispas y mariposas de todos colores. Observaba sus movimientos hasta la obsesión. Se acercaba con su red a las plantas donde se posaban avispas. Un día, una gran avispa con anillos negros en el abdomen, movía las antenas y las mandíbulas, giraba el cuerpo en la corola de una flor. Pablo contuvo la respiración ¡zas! la capturó. La avispa zumbaba, movía el abdomen buscando herirlo con su estilete. Con aprensión, consiguió trasladar el furioso insecto a un frasco de vidrio. Observaba su conquista con orgullo.

Cuando cumplió dieciséis años, el tío Gabriel obtuvo para él una breve pasantía en el Museo Nacional de Ciencias Naturales de Buenos Aires. Una tarde de sol tórrido, subió con paso tímido la escalera imponente de mármol blanco, caminó por el corredor y encontró la tercera puerta a la izquierda. El Dr. Ricardo Brenner, jefe del departamento de zoología, se levantó de su escritorio, lo recibió con cordialidad y lo invitó a una visita por las salas de exposición del museo. Le impresionaron las vitrinas, enormes dinosaurios en la sala de paleontología. Animales embalsamados, salas de anfibios y reptiles, aves, mamíferos. Brenner le presentó al científico Ildefonso De Carlo, autoridad mundial en hemípteros. El sabio abrió cajones de un gran armario para mostrarle su colección de "belostomas", "chinches acuáticas gigantes", predadores que viven en lagos y pantanos de agua dulce. Pablo admiró el ejército de insectos ordenados con alfileres, las múltiples variedades. El científico le hablaba como a un adulto, escuchaba sus comentarios. Soñó esa noche con el profesor De Carlo. Lo veía parado al borde de una laguna, protegido por un blando sombrero y un impermeable gris. Sostenía en sus manos una red que sumergía cada tanto en el agua y extraía extraños seres.

El interés de Pablo por los objetos expuestos en el museo se fue agotando. Poco a poco abandonó los insectos. Sus cajas de colección fueron quedando olvidadas, expuestas al polvo en las estanterías. Su centro se desplazó hacia las amigas de sexo femenino. En una fiesta conoció niñas quinceañeras vestidas con sus mejores prendas que mantenían los ojos sobre los jóvenes del salón mientras susurraban comentarios y reían con encanto. Se acercó a ellas e invitó a bailar a una adolescente vestida de verde vegetal. Ella acompañaba sus pasos con gracia, pero miraba hacia otros bailarines como si buscara a otra persona. Al recomenzar la música, otra adolescente se precipitó a tomarlo de la mano y apretó su cuerpo contra el suyo. Abrazados estrechamente giraban alrededor del salón. Su compañera, osada, lo arrastró escaleras arriba hacia uno de las habitaciones y sus manos hábiles hicieron que aumentase decididamente su ritmo cardíaco. Cuando descendió, pálido, fue a servirse dos copas de vino tinto y se quedó parado allí, mareado por el alcohol. Recordaba vagamente que poco después, una joven de cabello ensortijado, ante su ardoroso embate en un rincón, oponía sus brazos con la pericia de una experta en artes marciales mientras reía abiertamente, segura de su superioridad.

Para celebrar sus diecisiete años su madre organizó una fiesta. Dos o tres parejas bailaban en el saloncito al ritmo de la música de jazz mientras la mayoría de los invitados conversaban en el salón contiguo en grupos dispersos. Pablo bailaba con una jovencita rubia y ojos entornados que apretaba generosamente su cuerpo contra el suyo. En algún momento quedaron solos en la habitación, conscientes de su estrecho abrazo. Absorto en el aroma del perfume de su compañera, Pablo no se atrevió a intentar un beso, una caricia. De pronto, se oyó una voz de tenor que en el salón contiguo comenzaba a cantar. Entonaba con un volumen elevado y buena afinación la conocida canción de Agustín Lara:

Ganada, tierra soñada por mí
Tu cantar se vuelve gitano cuando es para ti
Mi cantar hecho de fantasía
Mi cantar flor de melancolía
Que yo te vengo a dar.

Su compañera lo dejó, apresurándose a pasar al salón para agregarse al corro de adolescentes que rodeaba al cantante. Él la siguió. El desenvuelto cantante era el centro de atención de la concurrencia. Pablo permaneció a pocos pasos, cohibido, no lo conocía. Probablemente lo había invitado Alfredo, que sonreía a su lado con expresión burlona, satisfecho porque el cantor había despojado a su hermano de su legítimo rol de agasajado.

Pablo odió a Alfredo adivinando que era él quien había concebido la villanía, mientras la actuación del cantante culminaba con un rotundo aplauso. Comprendió que Alfredo se burlaba de él porque no había conseguido mantener la posición del personaje que "cumple años", que da razón de ser a la fiesta. La burla lo sacó del lugar que le correspondía, que legitima la fiesta de "cumpleaños".

Alfredo había concurrido a la fiesta con su blue-jean usado y una amplia remera, descolorida, que no parecía ser suya. Era su vestimenta habitual, necesitaba ser él mismo para mostrarse diferente en el ambiente donde su hermano actuaba siguiendo siempre los códigos familiares. Era un acto de violencia. Pablo, recordando, volvió a vivir esa violencia y experimentó odio.

6

La soledad y el vacío que daban el color a los sentimientos de Alfredo lo hundían en conductas peligrosas que lo llevaban a la autodestrucción. Las escenas se repetían. En el colegio, cuando el profesor de geografía pronunciaba su apellido para que presentara la lección, invariablemente asumía el rol de actor consumado delante de su público. Se ponía de pie con aparente desgano y expresaba con voz compungida:

-No estudié, señor-

-Siéntese, tiene un uno-

Sus compañeros reían ante la osadía mientras Alfredo se decía ¿para qué estudiar los ríos de Europa, química o los teoremas de geometría? Mejor es trabajar en algo concreto para "triunfar en la vida".

Luciano se preocupaba por la falta de dedicación al estudio de su hijo menor. Le preguntaba a Ana Isabel - ¿qué pasa con Alfredo, por qué no quiere estudiar? - Ni uno ni otro sabía preguntarse qué era lo que quizás quería expresar Alfredo con sus comportamientos.

Luciano nunca fue el padre que transmite fe en el porvenir y da sentido a la existencia. Alfredo comprendió que no era a él a quien dirigía su mirada, su padre no lo veía, se veía a sí mismo. Encontraba en sus éxitos deportivos la forma adolescente del hombre con "la fuerza de hacerse solo", como lo presentaba la familia en las historias de su saga. A pesar de todos los objetos que recibía del padre, Alfredo nunca obtuvo el apoyo que necesitaba para su angustia y los cambios corporales y anímicos que se iban dando con su edad. Sufría porque le faltaba el padre que sabe encarnar en su existencia la pasión del deseo y puede transmitirla. Se rodeaba de otros jóvenes como grupo de pertenencia y en esos grupos buscaba las figuras de identificación. Se sentía solo en la casa y no lo podía soportar. Había escuchado que molestaba y a él le molestaban todos los otros. A pesar de la mirada lúcida que dirigía a su padre, aceptaba lo que le ofrecía. Siguió actuando con una expresión que no verbalizaba en alta voz "yo hago lo que quiero".

Ciertamente, Luciano era pródigo con su hijo menor, le compraba regalos caros, le enseñaba a conducir el automóvil y supervisaba su aprendizaje en los caminos solitarios. Para su cumpleaños le regaló una motocicleta de gran cilindrada. Alfredo ostentaba la moto en el barrio con un grupo de jóvenes bulliciosos. Se comportaban mal, agredían al vecindario arrojando basura en patios y jardines, introduciendo cohetes encendidos que explotaban con estruendo en los buzones de correo. Acosaban a las jovencitas. Bebían cerveza en exceso en la calle y hacían pruebas circenses con la moto. La gente los veía pasar, cinco muchachones montados en la máquina a la que agregaban un caño transversal sobre el cual dos de ellos se sentaban en cada extremo haciendo equilibrio. El tercero conducía a ciegas, atrás de él su acompañante y adelante, sentado a horcajadas sobre el manubrio, el último muchachón indicaba a tientas el camino. El jolgorio y la excitación alcohólica culminaban cuando chocaban con estruendo contra el cordón de la vereda o la columna de alumbrado y alguno de ellos, lesionado, debía ser atendido en la urgencia hospitalaria. El riesgo era la meta de los juegos con la moto. Alguien los denunció a la policía y un agente comenzó una pesquisa en el barrio. Intercedió por los acusados un abogado amigo de Luciano, argumentando que no constituían una banda juvenil, sino que se trataba de una diversión de adolescentes, sin armas ni peleas con otros grupos de jóvenes por el dominio del territorio. Si hubo un inicio de prontuario en la seccional policial, el caso se cerró. Luciano intervino para que el prontuario fuera anulado y las causas que lo originaron quedaran olvidadas, evidenciando su poder.

La relación padre-hijo escapaba a Ana Isabel, quien se limitaba a constatar que Alfredo no estudiaba. Encontró desorden, el silencio del escritorio, los cuadernos escolares en blanco, calificaciones insuficientes, las observaciones negativas de los profesores. Buscó intervenir sin encontrar la manera. Luciano mismo, a pesar de ser pródigo con las demandas de Alfredo, comenzó a preguntarse por qué su hijo no respondía a sus proyectos. Se iba dando en la adolescencia de Alfredo el proceso de la caída definitiva de la figura de los padres. Desde muy temprano fallaron en dar una imagen de sostén a las transformaciones que se fueron produciendo con la edad. Al mismo tiempo, perdieron la imagen idealizada del hijo. Luciano nunca imaginó que su hijo predilecto rechazaría sus planes de formarse en una escuela de negocios para ocupar un puesto directivo en su empresa. Pensaba que su colaboración sería útil para enfrentar los desafíos que planteaba la economía del país. El crecimiento de la firma, que había incorporado un sector industrial, atravesaba un momento crítico en la coyuntura de 1952-1953. Frente a la crisis, el gobierno realizó un viraje en su política económica para facilitar las inversiones extranjeras y el endeudamiento externo. Alfredo hizo su propio viraje alejándose de la autoridad de los padres.

7

Un día sábado a media mañana, Pablo viajaba en el tren del Oeste para visitar al tío Gabriel y a sus primas. Conoció a Elizabeth y a Lucía cuando su madre lo llevó a la casona de Castelar por primera vez. La pequeña Lisa no le dejó una impresión perdurable excepto el recuerdo de su pericia para capturar sus piezas en el juego de damas. Se sentía molesto, perdido su orgullo por haber sido derrotado en el juego. Recuerda que ella se acercó y le dijo, "Pablito bueno" y le dio un beso reparador en la mejilla.

Volvió a encontrarlas unos meses después durante un paseo en el jardín zoológico de Buenos Aires en un día radiante de sol. Acompañadas por tío Gabriel y tía Rosa, las niñas sostenían hilos con globos de colores, azul, rojo, amarillo y en la otra mano bolsitas de bizcochos con forma de animales, león, camello, elefante, pingüino, papagayo. Sus rostros expresaban tristeza porque les habían advertido que no podían alimentar a los animales. Visitaron juntos el parque, observaron los pájaros, los ciervos, les impresionaron las fieras, la pantera y el león, que recorrían sin cesar el frente de sus jaulas detrás de las rejas. Muy juntos, Pablo, Alfredo y las primas admiraron las proezas de los monos que saltaban en los trampolines y se desplazaban por las pasarelas de la enorme jaula. Tío Gabriel filmó la visita con su cámara de cine super 8 y así pudieron ver durante muchos años las escenas proyectadas sobre un telón. No sólo contemplaban los animales, se veían a ellos mismos, niños perennes con sus rostros asombrados.

¿Por qué la llamaron Elizabeth y no Isabel como su madre? Quizás el nombre lo sugirió el tío Gabriel por sus lecturas de la época Isabelina, la reina Elizabeth I de Inglaterra, poderosa soberana británica. Entre los libros de la biblioteca del tío se hallaban las obras completas de Shakespeare.

Pablo descendió del tren en la estación Castelar, bajó del

andén y orientó sus pasos hacia la calle Sarmiento para caminar y cruzar las tranquilas calles transversales. A ambos lados de la calle había viviendas de diferentes estilos, chalets con techos de tejas y viejas casas terminadas en terrazas planas. Escuchaba el piar de pajarillos moviéndose en la copa de los árboles de arce, quizás gorriones, pensó. Cada tanto, semillas marrones se desprendían de los árboles y girando en el aire caían suavemente a sus pies. Tomó del suelo una semilla y la arrojó al aire, admiró su vuelo. La semilla cayó en las baldosas de la vereda. Ya no podría germinar, echar raíces en el suelo duro.

Por fin llegó a la casona con el jardín descuidado detrás de la reja de hierro. Dos pisos, muros revocados y ladrillo a la vista. Abrió la puerta Sofía, la cocinera, lo recibió tía Rosa, lo abrazó el tío Gabriel. Su mirada encontró la figura de Elizabeth, con dieciséis años transformada en una joven que lo atrajo. Tenía el cabello de color castaño suelto sobre los hombros como en los cuadros de Renoir. Sus piernas delgadas salían de una falda corta de color negro. Ella lo miraba con picardía como en respuesta a su admiración. La tía Rosa indicó a su hija que lo guiase a la habitación de huéspedes donde él dormiría esa noche. Reconoció en los estantes los diccionarios en varios idiomas:

- ¿Era éste el cuarto del abuelo? - preguntó.

Elizabeth confirmó: - Sí, aquí dormía el abuelo y tocaba el violín. Vino de Bahía Blanca para que lo cuidara papá. Yo estaba muy cerca del abuelo, lo amaba, lloré mucho cuando murió. Me gustaban la música que tocaba y sus cuentos de viajes por Europa. Un día me puso el violín entre el cuello y el hombro y me enseñó a sostenerlo -

-Yo también fui amigo del abuelo- dijo Pablo. – Se fue de casa sin que yo comprendiera por qué. Lo acompañé hasta el auto para despedirlo-

Los primos se habían sentido cercanos del abuelo, pero no pudieron poner en palabras su muerte. Los padres no lo hicieron. Elizabeth hubiera podido decir: "lloraba sola y me refugiaba en esta pieza. Nadie me habló". Pero a pesar de estar sola con Pablo, esta vez tampoco habló.

Por una escalera de madera treparon al ático, contemplaron el tejado y el barrio suburbano. Niños de la casa contigua jugaban en la vereda. Se oía el golpeteo de la pelota de fútbol contra la verja de la casa lindera. Retornaron a la planta baja. Sala de espera, sillones con patas metálicas, consultorio, camilla, botiquín e instrumentos y un diploma enmarcado sobre la pared. A un costado, el laboratorio. Olor a medicamentos. La casa de un médico.

En el patio trasero merodeaba un perro chow chow ostentando su melena leonina y paladar negro. El tío Gabriel lo crio desde muy cachorro como perro de compañía y de guardia. El animal encontró la puerta abierta en la reja, se precipitó a la vereda y atacó a Mario, uno de los chicos que jugaban a la pelota. El perro lo mordió en la pierna derecha cerrando las mandíbulas con fuerza. Mario gritó de sorpresa y dolor. El tío Gabriel consiguió que el chow chow aflojase las mandíbulas. Llevó a Mario a su consultorio, le limpió la herida y lo condujo en su auto a la guardia del hospital para que lo atendieran y le inyectasen la vacuna antirrábica, aunque sabía que su perro era un animal sano, con el carnet de vacunación al día. Elizabeth y Pablo esperaron en el asiento trasero del automóvil. Él se estremeció cuando sintió el contacto de la pierna desnuda de su prima.

Por la tarde Lucía interpretó una sonata de Mozart en el piano de cola de la sala. Mientras tanto, Elizabeth, sentada en el jardín, pintaba flores frente a un caballete. Utilizaba lápices de colores que extraía de un estuche de cartón. Había pintado una rama de roseta de la enredadera del jardín, capullos de un rosado delicado, hojas verdes brillantes. Mojaba el lápiz en sus labios, que habían adquirido diversos colores, rojo, amarillo, magenta. ¿Cómo sería darle un beso? pensó Pablo, seguramente dejaría marcas de color en sus labios.

Cenaron en el comedor contiguo al jardín. La familia y una pareja amiga conversaban. Lucía reía reclamando atención. Los adultos discutían temas del momento. El compromiso familiar era eludir cuestiones laborales. La tía Rosa, química, no hablaba de los ensayos en el laboratorio y tío Gabriel no comentaba las enfermedades de los pacientes. Pablo contemplaba a su prima sentada a su lado. Cuando ella reía, reía toda la piel de su rostro, reían sus ojos, su boca, sus dientes. Ella no ignoraba su interés silencioso.

Excitado esa noche en su cuarto, con su fantasía de relaciones sexuales, pensaba en Elizabeth como objeto de amor. ¿La amaba? Pensó en el tabú del incesto, prohibición cultural. Había leído que el casamiento entre primos era común entre los reyes de Francia e Inglaterra en el siglo XII. Recordaba que la duquesa Alienor de Aquitania se casó con su primo, Luis VII, rey de Francia y después del divorcio que éste demandó porque ella no le daba un hijo varón, contrajo matrimonio con quien sería Enrique II, rey de Inglaterra, otro primo. Reina de Francia y reina de Inglaterra, el poder de la prima. En su mente, el obstáculo de los valores convencionales lo incitaba a transgredir las pautas aprendidas. ¿Puede el deseo vencer esas normas? Se durmió. Soñó con su prima Elizabeth. Su reina.

Al día siguiente, domingo, Pablo encontró a Elizabeth al salir de su habitación y dirigirse al cuarto de baño para ducharse. Elizabeth salía de la ducha con una toalla anudada alrededor de la cabeza y un camisón corto que dejaba desnudas sus piernas perfectas. Hubiera querido decirle algo. Ella le sonrió.

En la mesa del desayuno se sentó frente a él, a su lado Lucía. Pablo tomó su café sin azúcar acompañado por una rebanada de pan con dulce de naranjas amargas, miraba a Elizabeth atenta a sus movimientos. El chow chow esperaba sentado que lo convidasen con un bocado. Pablo desconfiaba del perro, advertido que esa raza desciende del chacal a diferencia de la mayoría de los perros, que descienden del lobo. Es capaz de morder a su propio amo. Elizabeth hablaba haciendo un mohín y su tono sensual lo excitaba. Ella se arreglaba el bucle de cabello que le caía suelto sobre la frente. Terminado el desayuno sugirió salir al jardín.

Caminaron hacia el fondo del terreno por el sendero de lajas. Pablo buscó un tema de conversación que llevase a la intimidad:

- En la clase de francés aprendí que enamorarse se dice "tomber amoureux", o sea "caer" enamorado. Un "coup-de foudre" significa que te ha golpeado el amor como un rayo, o sea paralizado de sorpresa cuando encuentras de modo repentino una persona atractiva-

- ¡Qué complicada manera de decir que te has enamorado! ¿De quién? – dijo irónicamente Elizabeth con una sonrisa burlona.

Pablo se ruborizó, arrepentido de su pretenciosa definición del amor.

Llegaron al muro medianero que señalaba el fondo del terreno, una construcción vieja y húmeda de ladrillo con refuerzos en talud, grietas y rastros de telas de araña. Una gran araña de color marrón oscuro con bandas de color negro apareció caminando por el piso delante de Elizabeth. Una avispa negra con toques amarillos aterrizó frente al octópodo plegando las alas. Elizabeth se apartó, intranquila.

Pablo intentó atraer la atención para que Elizabeth no se inquietase por la presencia de la araña. -No tengas miedo- le dijo con voz calma. -Es una Segestria, que seguramente salió de alguno de los embudos de seda de la pared. Vamos a presenciar un espectáculo emocionante: la caza de una araña por un pompilo, lucha entre David y Goliath -

El pompilo caminaba alrededor de la araña evitando el peligro de sus colmillos. En un instante se adosó a la araña, curvó su abdomen y clavó su dardo neutralizando su ofensiva. Luego paralizó a su presa clavando el aguijón en sus centros nerviosos y dejando a la víctima, voló al muro y lo inspeccionó con minuciosidad hasta encontrar el nido que le convenía, la morada misma de su presa. El insecto retornó a la araña, la prendió de la parte inferior del abdomen y aplicando una fuerza insospechada, la izó al talud y la introdujo en el nido.

Pablo admiró la entereza con la que Elizabeth presenció el drama. Otra joven seguramente hubiera gritado. Explicó que la avispa depositaría un huevo blanco, cilíndrico, sobre el dorso de la araña. Ella preguntó:

- ¿Dónde has aprendido todo esto? -

-Lo he leído en libros que me regaló tu papá, que opina que yo debería estudiar medicina. Siempre comentamos "Diario de un naturalista" de Guillermo Hudson y "Recuerdos entomológicos" de Fabre. Fabre estudió el comportamiento de los insectos. Las "avispas" solitarias no matan a sus presas, las paralizan con su aguijón para asegurar alimento fresco para su descendencia- Pablo explicaba pensando que podía hacer olvidar a Elizabeth la angustia que provocó la araña.

Elizabeth lo guio al garaje, donde tomaron las bicicletas para efectuar un paseo en el Parque Leloir. Mientras Pablo inflaba las gomas de su bicicleta, Elizabeth subió a su dormitorio. Volvió vistiendo un short y zapatillas de un blanco impecable. En la cocina preparó sándwiches.

-No volveremos para el almuerzo- anunció a su madre.

Sintiendo el aire en el rostro, pedalearon por el camino hasta llegar al bosque. Escondieron las bicicletas en un matorral y se adentraron en la densa arboleda. Extendieron una estera en un claro, depositaron la canastilla de provisiones y se sentaron a descansar. La arboleda los protegía de miradas indiscretas. Elizabeth comía su sándwich. Se levantó y vino a sentarse al lado de su primo. Él se acercó y le acarició suavemente la pierna. Con un brazo la atrajo y la besó en el cuello. Sintió su estremecimiento, la besó en los labios, en la boca. Ella respondía con dulce timidez. Se entregaron a las sensaciones del tacto.

De pronto, Elizabeth apartó las manos de Pablo, se puso de pie y alisó su ropa. Sugirió que era hora de volver y sin esperar respuesta, comenzó a acomodar las provisiones y los utensilios en la canastilla. Mientras recorrían el camino de regreso, Pablo imaginó un futuro de promesas.

8

El futuro de promesas se hizo realidad. Se encontraban con frecuencia. Se citaban en Plaza Once a la salida de la estación ferroviaria. Viajaban en subterráneo hasta la estación Perú de la línea A y caminaban tomados de las manos hasta el colegio Nacional Buenos Aires. Luego ella se dirigía al Liceo, situado a corta distancia.

- Pasé todo el domingo haciendo los deberes para el profesor Ranieri- dijo Pablo. –Declinaciones y verbos latinos, traducir una fábula de Esopo, "vulpes et uva"-

"Fame coacta vulpes alta in vinea
uvam appetebat summis saliens viribus…»

-Una zorra con hambre no alcanzaba con sus saltos las uvas de una alta viña. Cuando se marchaba dijo: están verdes-

-Me colocas en el lugar de las uvas- expresó Elizabeth en el subterráneo desde el lugar del deseo.

-Creo que no corresponde, tus uvas son dulces, ricas y alcanzables- contestó Pablo, escondiendo ante los otros pasajeros la caricia en la espalda de su compañera. Prosiguió diciendo:

-El profesor de caligrafía exige renglones y renglones en letra cursiva inclinada hacia la derecha. Si en la corrección identifica una l o t fuera de línea, nos exige escribir varias páginas con la misma palabra-

-Buena práctica para aprender dibujo- dijo con ironía Elizabeth, que no cursaba caligrafía en el Liceo.

Un domingo Pablo la visitó en Castelar. Después del almuerzo, Elizabeth sugirió un paseo en bicicleta. Lucía, con sus ocho años, pretendía acompañarlos. Los miraba con ojos llorosos. Intentaron convencerla de que permaneciera en la casa, la invitarían otro día. Insistió llorosa, no hubo otra alternativa que arreglar la cadena de su bicicleta y buscar el inflador. Lo encontraron en el cajón de las herramientas. Se dirigieron al Parque Leloir cuidando que Lucy pedalease contra la vereda protegida de los automóviles. La convencieron que los esperara a la entrada del parque hasta que ellos encontraran un sitio adecuado, libre de hormigas y tábanos. Le aseguraron que volverían muy pronto. Encontraron fácilmente el prado donde iniciaron su conocimiento de los deseos y recelos del otro. Esta vez se entregaron a un intercambio de caricias arriesgadas, manos a tientas en lo desconocido.

Inquietos por haber dejado sola a Lucía, retornaron a la entrada del parque, pero ella no estaba, tampoco su bicicleta.

- Ha sido culpa mía. Ojalá no haya vuelto sola- dijo Elizabeth.

Recorrieron los caminos del parque. Por fin la encontraron, gran alivio. Pedaleaba en un camino lateral con una amplia sonrisa en el rostro gozando de su libertad y escondiendo el placer de haberlos preocupado.

A media tarde, sentados a la mesa de la merienda, Lucy rehuía las miradas reprobadoras mientras tomaba su taza de chocolate y untaba miel en los escones. Después se acomodaron en los sillones del salón. Cada uno leía su novela. Elizabeth, "La Isla Misteriosa", de Jules Verne; Pablo "La Isla del Tesoro" de Louis Stevenson; Lucy, "Alicia en el país de las maravillas" de Lewis Carroll, alarmada por los gritos de la malhumorada Reina de los Corazones: ¡Que le corten la cabeza!

Después de cenar, se separaron para ir cada uno a su dormitorio. Pablo dormía. Un leve ruido, quizás un rasguido en la puerta lo despertó. Encendió la luz del pequeño velador. La puerta se abrió y entró Elizabeth vestida con su camisón rosado. Dijo que no podía dormir. Buscó refugio en el lecho y encontró la realidad que buscaba. Cuerpos desnudos entrelazados. Manos explorando, besos. En algún momento ella dio vuelta el cuerpo y abrió sus piernas para aprisionarlo y llevarlo a las profundidades de un universo sin tiempo. Pablo la miraba con ternura, sexo con amor.

Pablo volvió a visitarla la semana siguiente. Era una noche estrellada, sin nubes ni luna. El tío Gabriel los invitó a observar el cielo, los planetas y las estrellas. Apagaron las luces de la casa. La familia se sentó en reposeras de lona y sillas con asiento de fibras entretejidas. Buscaban distinguir las figuras de las constelaciones de los antiguos griegos, dioses del Olimpo que disfrutaban amores con humanos engendrando semidioses. Perseo, hijo de Zeus y Dánae, fundó Micenas, mató a la Medusa y rescató a Andrómeda. El tío Gabriel explicó:

-Andrómeda es una constelación boreal, invisible en el Cono Sur. Nosotros nos orientamos por la Cruz del Sur y por Orión, el cazador, con el cinturón de las tres Marías-

En la oscuridad, Pablo aprisionaba la mano de Elizabeth en el hueco de su palma, sin dar importancia a la mirada reprobatoria de Lucía.

Elizabeth y Pablo vivían un tiempo de felicidad. Los fines de semana remaban en el Delta del Paraná junto con sus amigos Silvia y Arturo, siguiendo los meandros de los ríos y riachos. Dejaban los botes amarrados y sentados en la terraza del embarcadero y admiraban el paisaje de muelles de madera, la vegetación ribereña de sauces llorones, ceibos en flor y espinillos. Se zambullían en las aguas, nadaban y volvían al muelle sintiendo el aroma de plantas acuáticas. Se amaban entre los árboles frutales, durazneros y ciruelos. Un día iniciaron el regreso al anochecer, cuando se anunciaba una gran tormenta. Remaron contra la correntada, viento fuerte y una poderosa lluvia que los castigaba de frente. Al llegar, sintiéndose a salvo en tierra firme, Pablo besó el rostro empapado de Elizabeth, pero las gotas no eran lágrimas.

Pablo viajó a Córdoba con sus compañeros del colegio. A su regreso, intentó comunicarse con Elizabeth sin lograrlo. Obtenía siempre la misma respuesta, "su prima ha salido". Sin ninguna explicación. Dejaron de verse.

9

Los padres de Alfredo enfrentaban la dificultad de abandonar la imagen del hijo adolescente que tiene todas las posibilidades delante suyo. Alfredo encontraba en Ana Isabel una madre próxima, pero sin autoridad. Con sus transgresiones, probablemente expresaba un llamado a la autoridad del padre. Sin su sostén y carente de confianza en sí mismo, Alfredo creó una situación que debía permitirle construir esa confianza. En sus ensoñaciones proyectó la salida a otro lugar donde solo, podría desplegar todo su poder y afirmar su "yo hago lo que quiero". Su amigo Augusto le habló de San Carlos de Bariloche, en la provincia patagónica de Río Negro:

- Yo soy de allí, es una vida distinta en el sur. Se aprende a vivir con la nieve y el frío, deportes de invierno. Ir con los esquíes a visitar un amigo, aprovisionar tu casa de madera en el bosque. Un primo mío es instructor de andinismo, atiende en verano un refugio en la montaña- dijo Augusto.

El relato de su amigo se transformó para Alfredo en un film en colores en el cual se veía como el audaz protagonista. Comenzó a imaginar una visita a los bosques, lagos y montañas del sur. Compró implementos de camping, una campera con forro de lana gruesa, zapatos de montaña, una bolsa de dormir y una mochila liviana con armazón de metal. Y con sus dieciséis años cumplidos, un día del mes de enero, se trasladó a la estación Constitución para esperar el tren del sur. En el hall de la estación ferroviaria encontró un grupo de jóvenes que viajarían en segunda clase para agregarse al campamento de verano de los estudiantes de química en Villa Tacul, sobre el lago Nahuel Huapí. En el andén, los universitarios formaron en tres filas con sus mochilas a la espalda y cantaron a coro canciones de la montaña. Luego fueron entrando al vagón de modo ordenado. Alfredo resolvió unirse al grupo que ubicaba sus mochilas y bultos en la red de soga del vagón. Después, algarabía y risas hasta la salida del tren, a las 16.30 horas. El ruido del vapor de la locomotora, el chasquido de las ruedas sobre los rieles y pitidos, señalaban que el tren marchaba en la llanura. Era un viaje de una noche y un día de duración, casi treinta horas. Los estudiantes se organizaron para pasar la noche durmiendo en el suelo del vagón. Llegada la noche, desenroscaron la lámpara que iluminaba el vagón y se recostaron en el piso junto con bultos y mochilas formando una masa compacta. La estrategia tuvo el efecto buscado. En la oscuridad, el guarda se abstuvo de penetrar para controlar los pasajes. Alfredo estaba dormido cuando el tren se detuvo en Bahía Blanca. A las ocho y media de la mañana el tren se había adentrado en la Patagonia. Arribaron a San Carlos de Bariloche a las 21.30, con una hora de retraso debido a un cambio de máquina en Ingeniero Jacobacci.

Dado lo avanzado de la hora, los mochileros aceptaron ser conducidos un trecho por un camión. A los pocos kilómetros, el camión debía desviar su ruta de modo que descendieron y continuaron a pie hasta el emplazamiento del campamento a orillas del lago. A la luz de las linternas, asignaron lugares y fueron levantando las carpas. Excavaron una canaleta alrededor de cada carpa para impedir la entrada de agua en caso de lluvia. Los primeros llegados instalaron la cocina y la despensa y excavado el agujero del baño cubierto y el hoyo para disponer la basura. Por la mañana, el guardabosque acudió a caballo para comprobar que todo estaba en orden. Alfredo era parte del grupo, los estudiantes no preguntaron quién era, de dónde venía. Sólo exigieron cumplir las normas del campamento y participar en las tareas cotidianas. Abastecimiento de alimentos, cuidado del fuego, lavar platos, disponer la basura. Prohibido robar chocolate ni latas de leche condensada de la carpa despensa, hacer ruidos molestos.

Para Alfredo fue una experiencia inolvidable despertar temprano por la mañana, abrir el cierre de la carpa y tener ante sus ojos el espejo de agua del lago. El silencio sólo alterado por el chasquido en el agua de peces buscando alimento en la superficie. Excursiones por bosques y lagos. Ascenso al cerro Capilla, una montaña de poco menos de 2167 metros de altura, desde cuya cima se accede a una vista panorámica de Bariloche y los picos nevados de los volcanes de Chile.

El cerro Capilla, rodeado de agua, requiere acceso por lancha. Con un grupo de compañeros, Alfredo subió a la lancha en Bahía López. Cada uno llevaba una mochila liviana con la bolsa de dormir. Sin perder tiempo, en filas de a dos, iniciaron el ascenso por la acusada pendiente de la picada. Alfredo aprendió que no se debe conversar porque aumenta la fatiga, a no quejarse porque perjudica al compañero y a soportar las picaduras de mosquitos y tábanos en la zona de vegetación. Matar a alguno de esos molestos dípteros implicaba soltar el pulgar de la correa de la mochila, perder el equilibrio y afectar el ritmo de la subida. Después de tres horas de ascenso entraron a un valle andino donde se localiza el refugio esloveno. El valle glacial se halla rodeado de paredes de granito y mallines suaves de nieve por donde corre un estrecho arroyo. Se organizó una comida simple, se repartió chocolate para reparar energía y cada uno buscó un lugar para pasar la noche al raso. Abrigado en su bolsa, Alfredo concilió el sueño acompañado por el murmullo de las frías aguas de un minúsculo arroyuelo.

A la mañana siguiente, el grupo se preparó para el ascenso a la cima. Trepar por rampas nevadas y pendientes de roca requiere uso de soga. Lo hicieron desplegados en diagonal para evitar que una roca desprendida golpee a quien se encuentra más abajo. El ascenso demandó cuatro horas y arrastrarse a caballo de un filo angosto con los abismos a ambos lados. Alfredo sofocaba su miedo imitando al compañero que avanzaba delante suyo. Llegaron a la cumbre y pudieron contemplar el magnífico espectáculo del Tronador y el Puntiagudo, volcanes dormidos y el inmenso lago Nahuel Huapí, extendido con sus brazos e islas. Algunos cóndores planeaban majestuosos próximos a la cima.

El descenso fue más rápido, utilizaron cuerdas de escalada para evitar una caída. A mitad de la tarde encontraron la choza en el mallín donde hicieron un alto para descansar. A la mañana temprano reanudaron el descenso. Algunos compañeros se animaron a deslizarse con rapidez por la picada para llegar a la playa en un par de horas. Esperaron la llegada de la lancha.

De regreso en el campamento base, esa noche Felisa, una de las jóvenes andinistas, se acercó a la carpa de Alfredo y le preguntó:

- ¿Te sientes cómodo en esa carpa tan pequeña? -

-Sí, estoy bien-

-Te ofrezco venir a la mía, más amplia y cómoda-

El encuentro de los dos jóvenes en la carpa de Felisa respondía a la confrontación de Alfredo con "la primera vez". Atravesaba el tiempo del primer cigarrillo, los primeros flirteos, la primera relación sexual. Encontraba por primera vez el cuerpo del otro.

La experiencia en la carpa de Felisa se reiteró hasta el día en que subieron al tren para regresar a Buenos Aires. Cuando llegaron a la estación Constitución, formaron filas en el andén y entonaron canciones. De pronto, un joven se acercó al grupo, tomó a Felisa en sus brazos y la condujo hacia la salida de la estación. Cayeron todas las fantasías que Alfredo había tejido alrededor de su vínculo de amor. Volvió a la casa con desilusión. En sus fantasías no había considerado la posibilidad de un rechazo y de encontrarse excluido, esta vez, del amor.

El intento que hizo Alfredo para ganar confianza viajando a Bariloche se fue diluyendo y solamente logró transitoriamente ocultar su fragilidad narcisista. Decidió abandonar definitivamente los estudios y elaboró un proyecto para vivir de manera independiente. Cuando habló con sus padres, les anunció que se iba a vivir con su amigo Luis Alberto Romano en el Gran Buenos Aires. Mencionó que tenía perspectivas de trabajo en una agencia inmobiliaria. Esta decisión suscitó una viva discusión entre sus padres:

Ana Isabel: -Su amigo Luis Alberto no parece tener buenos antecedentes, no se sabe de qué vive-

Luciano: -Alfredo me ha dicho que es abogado-

Ana Isabel: - ¡Habría que averiguar qué clase de abogado…! Freddy no va a tener educación para defenderse en la vida. Los padres todavía somos responsables -

Luciano: -Es difícil cambiar el comportamiento de una persona. No se puede obligar al chico a abandonar sus planes. Él sigue mi ejemplo, yo me fui a trabajar -

Ana Isabel: -La vida es hoy diferente -

Alfredo preparó un bolso con alguna ropa y enseres personales. Luciano le dio dinero y le deseó éxito en sus propósitos. Ana Isabel se encerró en el cuarto de baño para llorar. Freddy desapareció de la casa por dos años. Se comunicaba de manera esporádica con la familia, informando que estaba bien y que trabajaba en una empresa inmobiliaria donde adquiría conocimientos que le serían útiles en el futuro. Un día de febrero oprimió el timbre en el departamento de Belgrano. Ana Isabel abrió la puerta y cuando vio a su hijo lo abrazó estrechamente. Luciano regresó apresurado de su trabajo y también lo abrazó emocionado. Los padres no reclamaron nada, no hicieron preguntas procurando no despertar una reacción negativa, estaban dispuestos a escuchar, sin expresar inquietud.

¿Qué buscaba Alfredo en la visita a sus padres? Vino a mostrarles que había logrado cosas, que ya no era el chico sin valor que molestaba. Ahora era capaz de tener proyectos y realizarlos. Tenía un empleo, había ganado dinero y pensaba estudiar administración en alguna academia. Los padres se sorprendieron al oír que su hijo se afirmaba. Pablo no estaba presente. Cuando regresó a la casa y le comentaron la visita de su hermano, manifestó dudas acerca de la realidad de sus progresos. Para él Alfredo era siempre el mismo, no estudió y probablemente exageraba sus logros. No lo expresaba en voz alta, pero pensaba que su hermano era incorregible.

10

Corría el año 1953. Pablo tenía dieciocho años. Le era difícil elegir una formación universitaria. Acompañado por su amigo Ernesto, solicitó una entrevista al Dr. Rolando Marín, profesor de la Facultad de Ciencias Exactas y Naturales, su tutor en el Museo. El científico transmitió su entusiasmo por la biología, una disciplina que abría nuevas opciones laborales al servicio de la ciencia. Los amigos decidieron seguir su recomendación.

El primer día de clase Pablo se sentó en el anfiteatro de la facultad, desde donde observaba a sus compañeros desplegados en hileras escalonadas. En el estrado, la figura del profesor hacía ademanes como un pequeño actor en la escena. Sentado al lado de Pablo, un estudiante dibujaba caricaturas de los asistentes, exagerando sus rasgos. Nada perturbaba la concentración del dibujante desinteresado del discurso del señor profesor.

Pablo y Ernesto se vincularon con los centros de estudiantes que mayoritariamente enfrentaban al gobierno del general Perón. No hacían política partidista, se oponían al carácter autoritario del régimen, cuestionaban las deplorables condiciones de una universidad anquilosada, con una enseñanza vertical basada en cátedras tradicionales. Pablo callaba sus ideas políticas cuando hablaba con el padre, simpatizante peronista que frecuentaba las antesalas de los ministerios.

Dos años después, tras la caída de Perón, la movilización de los estudiantes, profesores y graduados permitió implantar reformas fundamentales en el gobierno y funcionamiento de las universidades. Pablo formó parte del grupo que formuló el plan de estudios de la nueva carrera de ciencias biológicas. Comenzó el estudio de la vida a escala atómica y molecular, esperando abordar ecología más adelante, el eje de sus intereses. Cumplía las prácticas en laboratorio, reticente a la disección de animales en anatomía zoológica, un acto cruel que podía ser reemplazado con ventaja por tecnologías más económicas e igualmente educativas para enseñar anatomía.

En el debate estudiantil se valoraba el diálogo entre compañeros de diversas orientaciones. Reformistas, humanistas, comunistas, discutían con seriedad y buscaban el consenso, una práctica que lamentablemente se perdió años más tarde debido al sectarismo y la intolerancia ideológica. Una tarde Pablo presenció un interesante debate entre dos estudiantes aventajados acerca de la existencia de dios. Uno de los polemistas, de orientación humanista, defendía el pensamiento teísta clásico de San Agustín. Su oponente, reformista, sostenía desde una posición materialista, argumentos filosóficos de Spinoza que al referirse a dios significan principios esenciales de la naturaleza. Una multitud de alumnos escuchaba en silencio respetuoso y al final del debate aclamó a los oponentes con un gran aplauso. La temática de la discusión recordó a Pablo la polémica entre Fabre y Darwin acerca de la existencia de dios. Ferviente católico, Fabre creía que sólo la intervención de un ser superior podía explicar que las "avispas" solitarias paralizan a sus presas aguijoneando de modo preciso sus centros nerviosos. Argumentaba que si el insecto no acierta al clavar su estoque provoca la muerte de su presa y, por consecuencia, la muerte de la larva que se alimenta de ella y la extinción de la especie. Darwin no encontraba una explicación específica al fenómeno. En esa época no se conocía la moderna genética. Los genes hacen que los seres vivos transmitan a su descendencia características fisiológicas, morfológicas o bioquímicas. Pablo se preguntó cómo se hubiera desarrollado un encuentro no epistolar entre los dos científicos.

Al terminar el año universitario, Pablo pasaba vacaciones de verano en la chacra que Luciano había adquirido cerca de la localidad de Arrecifes, a 190 kilómetros al norte de la Capital. Le agradaba dejar que su vista abarcara el paisaje llano del campo. Se producía trigo y cebada para la cosecha de diciembre y en marzo florecían las mazorcas de maíz. Había algunos animales, novillos, una vaca lechera. Disfrutaba sus salidas a caballo recorriendo los potreros como cuando era un niño. Se sentía libre galopando sentado atrás en el recado, las puntas de las botas calzadas en los estribos criollos. El animal sentía su peso, le respondía con brío y viveza. Cuando lo sofrenaba, lo taconeaba y le tiraba de las riendas, el caballo caracoleaba y Pablo reía con placer aún si el animal intentaba un corcovo. Una tarde culminó el paseo llegando al paso a un seto de árboles. Sentado en el pasto gris, observaba el vuelo de los pájaros. Una lechuza parada sobre el poste ancho del alambrado giraba la cabeza, parecía mirarlo. No era supersticioso, no creía que la lechuza fuese un ave de mal agüero, forma animal de alguna bruja. Cuando levantaba vuelo, su chillido estridente le parecía un saludo amigable. Por eso le deseó que encontrase un buen bocado, un ratón o una lagartija, en su búsqueda nocturna.

Cuando concurría a clase, se reunía a menudo con Ernesto en el Querandí, café de encuentro habitual de los estudiantes. Un día, Pablo estaba sentado ante una mesa al fondo del local. Tenía buen humor, se sentía optimista, pensaba que en esos meses de verano había mejorado la relación con su padre. Podían conversar, no discutían temas políticos. Contemplaba toda esa juventud a la cual él pertenecía. La concurrencia era más numerosa a medida que avanzaba la hora. Distraído, dejó de oír sus risas y murmullos de conversaciones, intentaba descifrar el nombre del café grabado con letras estilizadas en los vidrios del local, leyéndolas en espejo como si fuera un manuscrito de Leonardo da Vinci. Cuando volvió la vista al interior del espacio descubrió a Elizabeth sentada ante una mesa bajo el ventanal. Una emoción teñida de memorias lo invitaba a aproximarse. No respondió de inmediato. ¿Cómo reaccionaría ella? Se acercó y la sonrisa de Elisabeth disipó sus dudas.

- ¡No imaginaba verte aquí…! – expresó sonriendo.

-Estoy esperando a una amiga. Salgo del taller de un pintor con quien trabajo-

- ¿Estudias pintura? - preguntó Pablo con sorpresa.

- Aprendí técnicas de pintura y grabado. El espacio del taller es muy pequeño, tiene dos habitaciones y una gran ventana abierta sobre un balcón. Hay caballetes, dos de los cuales ocupamos un compañero y yo. En la otra habitación pinta el artista mientras escucha música barroca. A veces viene a vernos, mira nuestras telas, quizás desliza un comentario –

Pablo escuchaba con curiosidad: -Me gustaría ver algunas de tus obras-

- ¿Por qué no vienes al taller? -

Elizabeth lo recibió el domingo. Estaba sola, le mostró sus pinturas colocándola una a una en el caballete. Pablo veía obras coloridas con trazos contemporáneos. Quería entender, hacía preguntas. Conversaban sentados en taburetes altos frente al caballete. Pablo miró hacia un costado y descubrió unas telas contra la pared:

- ¿Esas telas, también son tuyas? ¿se pueden ver? - preguntó intrigado.

-En principio no- dijo Elizabeth, reticente. Luego se volvió, pensativa:

-Te las mostraré-

Levantó el lienzo que protegía dos grandes telas y le mostró la primera. Era una pintura realista de colores contrastantes en la cual una mujer abrazaba a un hombre joven. La mirada de Pablo permanecía fija en los ojos femeninos. Parecía querer penetrar esa mirada y descubrir la imagen que se escondía en su fondo. Exclamó:

- ¡Esta figura soy yo…! -

Elizabeth se aproximó y en la realidad del taller reprodujo el gesto de la obra, pasó su mano alrededor del cuello de Pablo.

Sentía su suave cuerpo femenino apretado contra el suyo en la motoneta como si ampliara el abrazo pintado en el cuadro. Detuvo el vehículo y le propuso un hotel en el barrio de La Recoleta. Dejaron la motoneta y se acercaron a hurtadillas por la calle oscura, desierta, como si temieran ser reconocidos por alguien. A través de la ventana podían ver el paisaje de cruces y bóvedas en el silencio del cementerio. El amor y la muerte.

Los días siguientes pasaba a buscarla a la salida del taller y la conducía orgulloso en su motoneta para que un tren suburbano la llevara a Castelar. Una historia de besos, trajines, encuentros, sorpresas y desilusiones. Con ella descubrió el mundo del arte, frecuentó artistas, visitó galerías y exposiciones. Una tarde caminaban llevando una tela de gran tamaño, Elizabeth delante, Pablo detrás, timonero en tierra, intentando mantener el rumbo. El cuadro bamboleaba sacudido por el viento. Era difícil cruzar la avenida, la ventolera agitaba la obra como una vela en el mar.

Años después pensará quizás en el cuadro en el cual se reconoció como personaje en brazos de una joven. Pablo pudo haberse confundido al verse retratado en una escena que conformaba todos sus anhelos. Halagaba su ego verse colocado en el centro del mundo. Pero no era una fotografía sino un cuadro pintado con óleo. ¿Era Pablo realmente el joven que la mujer abrazaba? Dudará recordando la expresión de los rostros, los colores aplicados con pinceladas expresionistas, violetas, verdes y azules. Quizás no era él sino solamente un personaje pintado por una artista.

11

Luciano a veces se hacía preguntas acerca de los hijos. ¿Por qué eran tan diferentes? Lo fueron desde pequeños. Apocado, tranquilo, el primero, muy cercano a su madre, parecía rehuirle. Se refugiaba en Ana Isabel. Cuando él regresaba, el niño dormía. Ana Isabel le repetía que el pequeño lloraba mucho y ella no lograba confortarlo. Luciano se preguntaba si su ausencia del hogar tendría un efecto negativo en el comportamiento del niño, pero no cambiaba su conducta de padre ausente.

Cuando nació Alfredo, Ana Isabel consagró sus desvelos al bebé y redujo su atención al mayor. Se fue creando entre los niños una relación cuyo eje eran los celos. Cuando Pablo creció, a Luciano le desconcertaban sus dotes de niño con inteligencia precoz. Aprendió sin dificultad a leer y a escribir, prefería los libros a los juegos de pelota. En cambio, se reconocía en Alfredo, un chico arisco y revoltoso, pero sociable, con quien su vínculo era fuerte. Ana Isabel carecía de recursos para controlar los caprichos de Alfredo y se volvió hacia Pablo que la gratificaba con su obediencia. Alfredo encontró un camino para evadir la envidia que le provocaba su hermano, no atendía sus estudios, se rebelaba y se comportaba mal, conductas que adoptaba para reclamar atención.

Luciano sospechaba que él y su mujer se equivocaron en muchos aspectos. La insistencia de Ana Isabel en los estudios de Alfredo, sus regaños para que hicieran los deberes no cambiaron la actitud displicente de su hijo con respecto a la escuela y los libros. En cuanto a él, se desentendía pensando que no valía la pena preocuparse, que la responsabilidad de la instrucción correspondía a la escuela, no a ellos. Otra equivocación suya fue consentir las demandas y caprichos de Alfredo sin medir las consecuencias.

Con Pablo no tenía esas dificultades. Sin embargo, la

distancia con el hijo se transformó en un abismo a medida que las ideas políticas los separaban. Luciano se consideraba un "self-made man", un hombre que se ha hecho solo. Valoraba las posibilidades que le dio el país, pero consideraba que el esfuerzo individual era la razón del triunfo en la vida. Rechazaba el pensamiento de Pablo, que adhería a ideologías que ponen el acento en lo social y desconocen la responsabilidad individual. Pensaba con desdén que la izquierda explicaba el mundo por "la lucha de clases" y finalmente desembocaba en el comunismo. Él no había estudiado, sus ideas provenían de su propia experiencia. Mirando las dificultades de su situación, se preguntaba cómo era posible que, a empresarios como él que "se habían roto el lomo para crecer", los acusaran de capitalistas especuladores o coimeros.

El 16 de junio de 1955 por la mañana, Luciano conducía el auto hacia la Plaza de Mayo a fin de realizar gestiones en el banco. Lo acompañaba Jorge Bustos, uno de sus empleados. Circulando hacia el sur por la calle Reconquista oyeron el ruido de motores de aviones en el cielo, explosiones de bombas y metralla. No pudieron continuar, la gente corría despavorida hacia ellos, en dirección contraria a la Plaza. Un río de sangre comenzaba a correr por el borde de la calzada. Abandonaron el auto y se sumaron a la huida de la multitud en pánico. Corrieron varias cuadras. En un bar, una radio a transistores narraba lo que acontecía: oficiales de la marina y de la fuerza aérea sublevados, junto con infantes de marina y comandos civiles, atacan la Plaza de Mayo. Bombardean y ametrallan a la gente a mansalva. Hay muchas víctimas civiles, bajas en las tropas leales. Últimas noticias: aviones leales interceptaron la escuadrilla rebelde. La sublevación fracasó. Aviones de combate de la Marina y la Fuerza Aérea huyeron a la República Oriental del Uruguay para pedir asilo.

La asonada militar se consumó plenamente el 16 de septiembre. Las fuerzas armadas conducidas por el general Eduardo Lonardi depusieron al peronismo instituyendo lo que autodenominaron la "Revolución Libertadora". Pensaba

Luciano ¿Qué clase de libertad puede ofrecer esta Revolución, que ha comenzado por el bombardeo de civiles indefensos?

La política económica del gobierno militar no afectó mayormente sus negocios. Ciertamente perdió contactos con altos funcionarios, pero su empresa consiguió subsistir a pesar de los vaivenes de la economía. Pensaba que su hijo Pablo había asumido ideas de izquierda contrarias al régimen caído, mientras que él y Alfredo continuaban apoyando al peronismo ahora proscripto.

12

El diploma consignaba que el Rector de la Universidad de Buenos Aires extendía el título de biólogo a Pablo Lombardi, año 1959. Tenía veinticuatro años de edad. Después de tentativas infructuosas de incorporarse a una fundación de investigación científica, consiguió empleo en un laboratorio privado de química biológica. Análisis de sangre, hemograma, coagulación, identificación de artritis, diabetes, leucemia. Una labor profesional útil para la medicina, pero alejada del tema que lo apasionaba, la ecología. No obstante, lo alentaba el aprecio de sus superiores y colegas.

Durante los últimos años Elizabeth y Pablo vivieron juntos y al terminar los estudios decidieron casarse. Los acompañaron sus padres y Lucía al Registro Civil. Ernesto Sormani y su hermano José Luis, fueron los testigos. Casi al final de la ceremonia llegó Alfredo, besó a la novia de modo imprudente y felicitó a la pareja. En el pequeño departamento se había reunido un grupo de amigos. Elizabeth resplandecía con su nuevo vestido de color amarillo claro y el colgante de plata en el cuello. José Luis Sormani presentó a los músicos, un bandoneonista, un violinista y un bajo, que afinaron sus instrumentos e hicieron oír compases de tango.

Vivían en armonía. Pablo concurría a su trabajo, Elizabeth pintaba ante su caballete. Querían tener hijos, lo intentaron sin lograrlo. Pasaron meses y Elizabeth no quedaba embarazada. Extrañeza, temor. Se generaron situaciones de crisis, angustia. Efectuaron una consulta en un instituto de fertilidad. La evaluación médica, incluyendo examen físico y pruebas de laboratorio, indicó que Elizabeth no tenía impedimento para asumir la gestación de un niño. Pablo debió extraer una muestra de semen en un frasco. Se detectó deficiencia hormonal y reducida cantidad de esperma. Al cabo de la última revisión médica, el especialista le preguntó algo inesperado:

- ¿Estarían ustedes de acuerdo con una adopción? -

La pregunta lo tomó por sorpresa. Totalmente desconcertado se quedó sin palabras, no supo responder.

Pasó un tiempo. Una mañana, después de descubrir el ansiado color en la prueba, Elizabeth corrió a los brazos de Pablo: - ¡Estoy embarazada! - Se abrazaron. Vivieron un período de confianza como si un manto de paz los hubiera acogido. Elizabeth se mostraba complacida con los cambios que advertía en su cuerpo, se la veía reclinada en un sillón hamaca siempre con las manos sobre el vientre. Trató de entender lo que pasaba en su cuerpo, la evolución de lo que soñaba "su bebé" y el camino que debía recorrer cuando se sintiera apto para enfrentar el mundo.

Con gran sorpresa durante una visita de control, escucharon al médico decir que nacerían dos mellizos, mientras le mostraba la imagen de una ecografía en la pantalla. Nacieron los dos bebés, Marcos y César. Los padres no podían dormir. Cuando conseguían que uno de los bebés se durmiese, los chillidos del segundo los despertaban. Cuando los mellizos cumplieron un año y medio, caminaban y decían palabras. César se desplazaba con seguridad y exploraba los objetos tratando de descubrir su interior. Ambos mostraban a su padre sus dibujos de redondeles de colores. Elizabeth los atendía con amor, organizaba sus juegos. Les compraba libros ilustrados con castillos medievales y les contaba cuentos de princesas, el rey y su caballo.

El país vivía desde fines de 1963 la aparente calma de la presidencia del Dr. Humberto Illia. La economía volvía a crecer, disminuía el desempleo. Luciano desconfiaba de estas señales de progreso, subrayando la proscripción electoral del peronismo. Su empresa prosperaba y el campo de Arrecifes alcanzaba buenos rendimientos.

Con Marcos y César, Luciano revivía escenas de la infancia de sus hijos, ahora transitándolas con más ternura porque su rol de abuelo no le exigía dar pautas ni orientar su camino. Imaginó un fin de semana en la chacra, rodeado de la familia de Pablo. Expresaba su alegría manejando su automóvil por la ruta 8 entonando una canción napolitana, mientras Elizabeth y los mellizos lo acompañaban con sus sonrisas y lloros. Se detuvieron en una estación de servicio. Marcos observaba fascinado la extracción de la cámara y el recambio del neumático. César intentó desplazarse hacia los arbustos y obligó a su madre a seguirlo para evitarle peligros.

Pablo encontró solaz en la tranquilidad del campo. Le ensillaron un caballo y salió al trote corto hacia el molino cruzando la parcela en barbecho. Un tero protestó por su presencia, pero él sabía que el chillido del pájaro lejos del nido, correspondía a una estrategia de defensa contra posibles agresores, una comadreja, una víbora, o un ser humano. Por la tarde, la familia se reunió a tomar mate en la galería de la casa. Pablo observaba a su padre, más disponible, más solícito con él. Pensaba ¿será que, para él, yo también soy padre?

Sin embargo, en la pareja aparecieron signos de desencuentro. La actitud de Elizabeth había comenzado a cambiar, mujer amable, pero distante. Él percibía que a veces ella no escondía su mal humor, no respondía si le hacía una pregunta, quizás no lo escuchaba, concentrada en su pintura o en la lectura de un libro. Se preguntaba cómo se produjo este cambio. ¿Qué pudo intervenir? ¿Algo en mí ha podido causar efectos de desagrado y distancia?

Las noches de Elizabeth se hicieron largas, inquietantes, no encontraba el amparo del sueño. Una de esas noches se despertó a la madrugada. Rayos tenues de luz penetraban por los intersticios de los postigos y se reflejaban en bandas oblicuas sobre uno de los muros. Creyó oír el piar de pajarillos que celebraban la llegada del día. Se levantó y se dirigió a la cocina a calentarse un té. Cuando volvió su marido dormía. Se quedó allí, parada, inmóvil, mirándolo. Lo vio como si fuera un extraño. Dormía acostado de espaldas, respiraba fuerte sin llegar a emitir un ronquido. Observaba su rostro pálido, los ojos hundidos, el cabello revuelto, sombra de barba en el rostro. Pablo despertó y, soñoliento, la miró. Desde ese instante, Elizabeth y Pablo pasarán las noches uno al lado del otro como dos adultos que conviven, sin deseo. Pablo era consciente del hiato entre los cuerpos. Una noche, despierto, completamente desnudo, miró a Elizabeth. Ella dormía profundamente, recostada hacia el lado opuesto, enfundada en su camisón rosa con guardas de pequeñas flores azules. Contemplaba ese cuerpo de mujer que podría tocar con sólo extender el brazo y recorrer su piel con la mano. Hubiera querido acercarse, pero sabía que la única respuesta sería el rechazo.

13

Cuando era pequeña, decían que Elizabeth era "la luz de los ojos" del Dr. Gabriel. El padre alimentó su narcisismo. No manifestó celos de Lucía, su hermanita, cinco años menor, la cuidaba. Mientras ella dormía, Elizabeth pintaba miniaturas. Podía pasar horas con sus lápices de colores, nada la distraía. En una ocasión, regaló a sus padres una tarjeta pintada con dibujos que se desplegaban en un abanico de colores. También estimulada por la presencia del abuelo Leandro, aprendió a leer partituras musicales. Comenzó a estudiar piano y llegó a interpretar algunas piezas fáciles, pero cuando el abuelo falleció, sintió que él se había llevado la música y sus manos no volvieron al teclado. Se volcó a la pintura y al dibujo.

Elizabeth recordó siempre la primera visita de Pablo a Castelar en aquella primavera de 1952. Ambos eran muy jóvenes. Reconoció que Pablo había venido a encontrarla y confesarle su amor. Desechó las aprensiones y el pudor de su madre, respondió a sus sentimientos. Vivieron con su primo un período alegre, salían, paseaban, emprendían excursiones a la laguna de Lobos, a las islas del Delta.

Pasaron tres años. El casamiento, vinieron los hijos. La vida en pareja se hizo aburrida, rutinaria. Elizabeth entendía que no era un obstáculo tener distintos intereses. Pablo se orientaba a las ciencias naturales, ella se dedicaba al arte, a la pintura. Dudó un cierto tiempo, luego comprendió que ya no lo amaba y algo más profundo, había perdido la atracción, sentía indiferencia y sabía que reclamar un cambio sería vano.

Elizabeth decidió acentuar su tiempo de trabajo artístico, se inscribió en el taller de Facundo Soler. Paralelamente concurría a una academia céntrica donde podía comunicarse con los profesores acerca de la creación artística. Sandro Pozzi, fue su profesor de dibujo y un compañero circunstancial. Un hombre de cuarenta años, de rostro enjuto, le recomendó libros de técnicas de pintura y anatomía artística, el dibujo del cuerpo humano. Le mostró sus trabajos y le pidió su opinión. Ella fue cauta en sus comentarios. Dibujos excelentes, imágenes bien delineadas de desnudos femeninos, caballos briosos, aves en vuelo, mendigos y naturalezas muertas. Un tratamiento delicado de las luces y las sombras. No obstante, se decía a sí misma, la técnica es necesaria pero no suficiente para crear arte.

Visitaban juntos exposiciones en galerías y museos. Sandro sostenía un enfoque académico, tradicional, del arte. Ponía el acento en la belleza formal, la luz y el color, la composición, la armonía de proporciones. No había incorporado la ruptura con el formalismo que generó las nuevas corrientes del arte contemporáneo en las cuales la idea es el centro de la creación artística. Sin embargo, las diferencias de enfoque no eran un obstáculo para compartir la visita a una exposición, cada uno caminando a su ritmo para luego intercambiar comentarios. Elisabeth apreciaba en Sandro su cultura y discreción. Mantuvieron siempre una relación de amistad.

En un día sereno de octubre, Elizabeth salía del taller de Soler llevando al hombro una bolsa liviana con útiles de pintura. Cuando se encaminaba a la parada del ómnibus, reconoció a José Luis Sormani, hermano de Ernesto, que caminaba hacia ella. Él se acercó y le dijo con una sonrisa:

-Qué agradable sorpresa verte después de tanto tiempo. ¿Qué haces en el microcentro bancario, donde la multitud dificulta caminar? –

-Concurro a un taller donde trabajo con un artista que me impulsa a ir cada vez más lejos en la pintura. Me dice a menudo que pintar es responder a tres palabras "comprensión, disciplina y libertad"- contestó.

-Yo vuelvo de un ensayo donde toco al oboe en un conjunto de cámara- dijo José Luis. -Nuestra cooperativa es muy singular. Cuando damos un concierto, nos solicitan que pasemos por la ventanilla para pagar, nunca para cobrar…-

Su comentario la hizo reír.

-No soy artista. Soy sólo ingeniero, especializado en acústica- expresó José Luis con naturalidad.

Acordaron proseguir la conversación en un café concurrido.

-Me interesaron las matemáticas y la física. Cuando terminé mis estudios de ingeniería, obtuve una beca para trabajar en el laboratorio de acústica y vibraciones del MIT, en los Estados Unidos, me atraía la investigación fundamental acerca de la naturaleza del sonido -dijo José Luis.

- ¿Cómo era tu vida allí, como te sentías? = preguntó Elizabeth.

- Vivía en Cambridge, un suburbio de Boston, al norte del río Charles, estudiaba con condiscípulos procedentes de todo el mundo. Me instalé en el área de Harvard, con sus cafés, librerías y hippies. Más tarde me mudé a un departamento cercano al MIT-

José Luis tomó una servilleta de papel:

-Te hago un dibujito, aquí está el río, al norte Harvard y a la orilla del río, MIT, sobre Massachusetts Avenue. En verano, paseaba por el borde del río oyendo el sonido acompasado de los remeros de Harvard entrenándose para la regata con Yale. En invierno, cuando iba al Laboratorio, mis botas se hundían en la nieve. Me gustaba ir a conciertos de música clásica en el Boston Symphony Hall. Cuando tenía días libres viajaba en auto a Nueva York, donde asistía con amigos a recitales en el Carnegie Hall o recorríamos galerías de arte contemporáneo en Soho -

- Arte contemporáneo ¿Viste obras de Sol Lewitt, Cindy Sherman, Félix González Torres? – preguntó excitada Elizabeth.

-Disculpa, no recuerdo nombres, pero he anotado algunos en una libreta. Una galería muy interesante era Leo Castelli, sobre West Broadway.

-Yo hice un viaje por Europa centrado en mi interés en el arte- dijo Elizabeth. – El Museo que más me gustó fue la Gemäldegalerie de Berlín por la alta calidad de las pinturas expuestas -

- ¿Que obras te interesaron? –

- Las pinturas de Rembrandt con su tratamiento del claroscuro. Una obra inolvidable es "El amor victorioso" de

Caravaggio- contestó Elizabeth -

José Luis mencionó algunos detalles de su vida. Separado de una mujer joven, vivía en Buenos Aires, viajaba a menudo a otros países para asistir a seminarios y congresos. Elisabeth dijo que tenía dos hijos mellizos, no pudo mencionar su descontento con su matrimonio.

Volvieron a encontrarse, la relación se fue profundizando. Descubrieron que tenían muchos intereses en común, libros, música, arte, podían hablar de sus vidas.

Una tarde, la conversación se hizo íntima. José Luis escuchaba con atención sus confidencias. Ocultó que se sentía culpable de pensar abandonar a Pablo, el impacto que tendría en sus hijos. Cuando Elizabeth mencionó el débil lazo que la unía con Pablo, José Luis hizo una pregunta directa:

- ¿Estás pensando en dejar a tu esposo? -

La expresión del rostro de Elizabeth traducía sorpresa, mencionó a sus hijos.

-No me refiero a tus hijos, preocupación legítima, sino a ti, a tus sentimientos de mujer-

Elizabeth se conmovió y comenzó a llorar, un mar de lágrimas veraces. Se cubrió el rosto con las manos. José Luis se acercó y le acarició una mejilla. Ella se alejó con los ojos llorosos.

Lucía salió de un café cercano a la Plaza San Martín, cruzó la calle en dirección a la plaza, subió la pendiente y se sentó en un banco bajo los árboles añosos. Un lugar de calma. Miró alrededor, un paseante descansaba en un banco vecino acompañado por un perro Cocker, más allá, una pareja silenciosa. Extrajo su libreta de notas, un lápiz y comenzó a escribir un poema. La escritura se fue extendiendo, apretada, en la superficie del papel: "En la soledad, su corazón late, él ha pasado cerca, no la ha mirado…".

Guardó el cuaderno y el lápiz, levantó la vista, observó leves cambios en la plaza. La lomada verde del césped era la misma, inalterable. El paseante se había marchado con el perro, la pareja sentada en el banco se abrazaba estrechamente. La brisa movía el ramaje entrelazado de la magnolia. Pensó en Elizabeth. Caminó hasta la calle Reconquista y reconoció a su hermana conversando con José Luis Sormani. Siguió allí, inmóvil, pensaba en Pablo.

Cuando tenía diez años de edad, la visita de su primo a Castelar tuvo un fuerte impacto en ella. Despertó su primer amor. Descubrió la conmoción que causan los sentimientos. Interpretó una sonata de Mozart para Pablo, pero él miraba a su hermana con embeleso. Se entregó después a ensoñaciones, la pareja idealizada, Pablo y Lucía. Escribía frases secretas motivadas por la imagen soñada de su primo. Elizabeth y ella fueron dos niñas cuya diferencia de edad las empujó a vivir en mundos distintos que no les permitieron el encuentro. Cuando Elizabeth dejó de estudiar piano, la madre, cuyo sueño era ver a su hija transformada en una concertista reconocida, se volvió a Lucía y apoyó su aprendizaje de piano con un excelente profesor. La jovencita llegó a interpretar obras de Bach y Chopin, pero la excesiva implicación de su madre incidió en su rechazo de la música.

Su timidez contrastaba con la desenvoltura de Elizabeth, que poseía las cualidades que sus padres apreciaban, bella, exitosa en sus estudios. Encontró placer en la lectura y la apertura a un mundo inagotable al que podía acceder con su imaginación. Se construyó un camino propio. Desde niña le gustaron las palabras. Ahora escribe versos libres. Surge una imagen, una palabra y las transforma en trazos sobre una hoja de papel. Escribe sin detenerse porque el pensamiento corre más rápido que las manos. Casi no corrige.

Al atardecer, Elisabeth abrió la puerta de su departamento, atravesó el vestíbulo sin mirar el cuadrito con la pintura abstracta sobre el muro y se dirigió a la sala. Pablo leía el diario sentado en un sillón. Ella se sentó frente a él en el sofá. Había pensado mucho lo que debía decir, las palabras que en algún momento le parecieron imposibles de pronunciar. Ahora la escena se había hecho más y más concreta en su mente. Tenía el derecho de pensar en una vida nueva donde lo cotidiano volviera a ser norma tranquila. Se sentía segura. Había elegido una opción y la asumiría, sería mejor también para sus hijos:

-Pablo, estoy enamorada de otra persona-

Pablo quedó inmóvil. No le resultaron extrañas las palabras, pero no pudo articular una respuesta.

Ocultó su angustia. Con paso lento salió de la habitación, dijo que iba a vestirse para salir. Cualquier movimiento para ocultar su desesperación. Azorado, bajó en el ascensor, apretó con el puño el picaporte de la puerta de calle y lo hizo girar. La puerta se abrió, salió a la vereda. Encontró el paisaje de siempre, la tarde calma, transparente, la calle desierta, la fachada continua de departamentos con balcones, alguna casona con un jardín verde. Hileras de árboles ralos con ramas taladas por el municipio a fin de obtener cierta simetría a ambos lados de la calle. Se dirigió sin rumbo prefijado hacia la esquina. La aflicción y el desaliento lo hicieron detener, no iba a ninguna parte. No podía apartar de sus pensamientos su desventura, sabía que los lamentos e imprecaciones eran inútiles. Encontraba ahora un sentido a muchos hechos dispersos de las últimas semanas, salidas frecuentes de Elizabeth, sus justificaciones que hoy se revelaban como encubrimiento. La calle apacible a esa hora no le acordaba la calma que buscaba. Volvió sobre sus pasos y entró a la casa. La puerta del dormitorio estaba entreabierta. Elizabeth dormitaba. Se quedó sentado en un sillón mientras la sala oscurecía. Entró al dormitorio y se introdujo a hurtadillas al lado de Elisabeth en el lecho común. Tardó en dormirse. A la mañana siguiente se levantó, se aseó en el cuarto de baño y se encaminó a la cocina para calentar su té. Encontró a Elizabeth sorbiendo el café humeante, untando una tostada con mantequilla. Ella lo miró, le dirigió la palabra con voz tranquila. Él contestaba con monosílabos. Compartieron la mesa brevemente. Elizabeth se acercó y le tocó en el brazo con la mano como para despedirse. Con naturalidad, anunció que llevaría a los niños al jardín de infantes, la niñera los buscaría a la media tarde, le deseó un buen día. Pablo terminó su desayuno y salió para ir al laboratorio.

Se sentó en su cubículo, el único recinto cerrado del espacio con una estrecha ventana al jardín, revisó los formularios donde los empleados habían consignado los datos de las muestras de sangre y de orina que extrajeron de los pacientes con la aguja hipodérmica y la jeringa descartable. Con su autorización, los tubos de ensayo que contenían las muestras serían transportados al área de procesamiento. Cuando emprendió el regreso a su hogar volvieron a azorarlo pensamientos amargos. Se sentía incapaz de interpretar el cambio de actitud de Elizabeth.

No encontró a su esposa. Lo sabía. La niñera había atendido a los niños conforme a las instrucciones recibidas. Los había bañado, alimentado y ahora esperaban en sus camas que el padre viniera a darles las buenas noches. La niñera recogió su saquito y su cartera, Pablo la acompañó hasta la puerta. Volvió al salón. Pensó que Elizabeth sólo esperaba el momento adecuado para irse. Su peregrinación con el pensamiento, intentando superar su humillación e incertidumbre, se derrumbó esa noche como un castillo de naipes. Elizabeth regresó a una hora avanzada. Pablo la abordó con expresiones violentas cuestionando la hora en que regresaba. Ella dijo:

-Me das pena, ya ni siquiera te conozco-

Fuera de sí, alterado por el furor y la impotencia, se dirigió a ella insultante y la agredió físicamente. Elizabeth buscó protegerse cubriendo el rostro con los brazos. No lloró, no gritó. Lo miraba. Era la primera vez que la violencia física ocurría entre ambos.

16

Elizabeth y José Luis se encontraron al día siguiente. Hablaron de lo sucedido. Ella dijo que la única alternativa era irse de su casa. José Luis le habló con voz calma, segura. Ella lloraba su angustia y José Luis le iba restañando las lágrimas, la acariciaba, ordenaba el bucle de su cabello:

-No llores, si para vos la situación es insoportable, te ofrezco mi casa para que puedas mudarte con los mellizos. Yo me iré para que tengas tiempo de elaborar este momento-

La invitó a conocer su departamento. Subiendo en el ascensor la tomó de la cintura. Al entrar, golpeó las manos a modo de aplauso como prueba del sonido. Dijo en tono jocoso:

-Es un espacio calmo. Los cortinados, la alfombra, nosotros mismos absorbemos el sonido - Elizabeth sentía que lo real eran su abrazo y sus caricias.

Pasaron dos días. Elizabeth decidió dar forma concreta a sus sentimientos. Era tarde en la mañana, Pablo no había salido al trabajo todavía, le dijo:

-Pablo, quiero separarme, me tengo que ir, que los niños vivan la situación de modo que les afecte lo menos posible –

Pablo comprendió que la separación era una realidad. Sólo alcanzó a balbucear una pregunta: - ¿Dónde vas a vivir?– Parecía inquirir acerca de una ubicación, en realidad preguntaba "con quién" iba a vivir.

-José Luis, el hermano de Ernesto, me ha ofrecido su departamento desocupado. Él irá a vivir a una casa de fin de semana en las afueras -

- ¡José Luis! – gritó con sorpresa - ¿Qué tiene que ver contigo el hermano de Ernesto? -

Le pareció que un rayo lo había traspasado. Por una fracción de segundo quedó sin habla, atrapado por un vendaval de ideas y emociones confusas. Sintió la punzada de dolor. Comprendió que Elizabeth partiría ciertamente llevándose sus pertenencias, valijas, la ropa de los niños, los juguetes. Lo asaltó un tumulto de sentimientos amargos, había caído en un abismo profundo en el que lamentablemente no moriría. Como si toda la desdicha y el desconsuelo inmenso de su vida se hubieran abatido sobre él. Contuvo el llanto, sofocó el impulso de salir corriendo. Permaneció inmóvil, con un nudo en la garganta. ¡Se irá con ese hombre, hermano de Ernesto! pensaba: ¿Los niños, podré verlos? Una pesadilla, su congoja.

Elizabeth y Pablo se citaron en un café. La conversación fue extensa. Acordaron el marco para mantener y preservar la estabilidad de los hijos, que habían cumplido cuatro años de edad, organizar las visitas, la responsabilidad hasta la separación legal. Elisabeth propuso una reunión con los pequeños el día sábado.

Pablo recordará siempre la reunión con los niños. Los padres dijeron algunas palabras, los mellizos callaban. Mientras Pablo hablaba, las lágrimas corrían en el rostro de Marcos. César miraba a su papá. Él se acercó a abrazarlos, les dijo que siempre estaría con ellos.

Estaba solo. Ella se había ido con los niños. Una empresa de mudanzas transportó los efectos personales, los libros, las fotos, recuerdos. Sensación de vacío, de miedo y perplejidad. Recorrió la casa, los dormitorios, el corredor, no oía ningún ruido, ni siquiera el chasquido de la madera de los pisos o el sonido del aire penetrando por el ventanuco entreabierto en la cocina. Encendió la luz del salón que el crepúsculo había oscurecido. Elizabeth se ha ido ¿Cómo era posible dormir, levantarse en medio de la noche y comprobar que estaba solo en el lecho? Pensar, pensar si era posible. Sus pensamientos lo hacían zigzaguear por caminos sin salida, no había explicación plausible. Faltaban los mellizos, Marcos y César, que en la mañana temprano corrían a la cama de sus padres. El límite del pensamiento: no podía ir más allá de una lógica torturante, la fatiga. Levantarse a las cuatro de la mañana. En el baño mirarse al espejo, la piel del rostro erizada, los ojos enrojecidos. Preparar un té. ¡alivio, por favor!

Pensaba en las cosas en común, el valor afectivo de los

objetos. Los libros, las fotos, los adornos en los estantes representan instantes de vida. Recordaba el paseo con Elizabeth en el parque Leloir. Cuando temía que ella no aceptara sus besos. El descubrimiento de su avidez. Sus hombros, su cuello terso. La piel suave que acariciaba y besaba con deseo y ternura. Ella de pie mirándolo con seducción. Ella pedaleando en bicicleta con su short blanco inmaculado, sus piernas desnudas. Aquel momento en que miraron juntos fotografías, imágenes de Elizabeth, niña de once años, delgada, bañándose en la costa del mar.

Meses después, el día del cumpleaños de Marcos y César, José Luis llegó a la casa con regalos. Les trajo libros, "Los tres mosqueteros" de Alejandro Dumas. Les contó cuentos de Guillermo, un niño aventurero y "Hans y la liebre encantada". Los niños soñaban que la liebre los transportaba por el aire al desierto del Sahara y a la punta sur de Manhattan. Cuando jugaban en el jardín, César era fuerte, iba recio, sin miedo, a quitarle la pelota. Marcos, rápido y astuto, era reacio al choque de los cuerpos.

El contexto social y político del país no infundía optimismo acerca del futuro. Ernesto ya lo había previsto años atrás con su habitual clarividencia cuando aprobaron su último examen en la Facultad de Ciencias Exactas y Naturales. Expresó en ese momento:
- ¡Malo es recibirse de biólogo en esta época de crisis y conflictos ¿Qué futuro tenemos? -
No se equivocaba. En los años que siguieron, golpes militares impidieron a los gobiernos de Arturo Frondizi y Arturo Umberto Illia terminar sus mandatos. El General Juan Carlos Onganía inició en 1966 un período de sucesivos regímenes militares de facto.
Afectado por la difícil ruptura con Elizabeth, Pablo padeció el triste episodio de "la noche de los bastones largos".
El gobierno del general Onganía intervino las universidades nacionales y anuló el régimen de gobierno. Los estudiantes,

profesores y graduados tomaron las facultades. Esa tarde Pablo se hallaba en la Facultad de Ciencias, atento a las asambleas y conciliábulos donde se discutían los pasos a seguir. La policía irrumpió en los recintos universitarios y Pablo fue víctima de la represión de policías con casco que pegaron a autoridades, profesores y alumnos con palos y las culatas de sus Itakas y los patearon en cualquier parte del cuerpo. Aplicaron a Pablo puntos de sutura y una venda en la cabeza en la sala de urgencia de un hospital.

Mil trescientos docentes renunciaron a la universidad de Buenos Aires, muchos emigraron. Ernesto viajó a Caracas con el grupo de biología. Pablo decidió quedarse en el país.

17

Era el año 1968. Alfredo tenía treinta años. Se veía a sí mismo una persona realista. En la vida hay que defenderse, pensaba, no dejarse maltratar. La vida le había confirmado su convicción, el idealismo de Pablo siempre fue una ilusión, un espejismo. En la humanidad hay gente buena y gente mala. No se puede esperar nada de gente dispuesta a hacernos daño, menospreciarnos, destruirnos. Siempre fue así desde la época de las cavernas, conflictos, guerras. El fuerte domina, el débil sufre y a veces goza con ello. Hay que fortificarse para resistir. Por eso, desde joven se preparó para defenderse moldeando su cuerpo en el gimnasio, aparatos, pesas, jogging. Aprendió de su padre que nunca hay que entregarse ante la adversidad. Uno debe esperar agazapado el momento justo para actuar e imponerse por la fuerza o la astucia. No apurarse, aguardar el momento preciso.

No perdió el tiempo. Ganó dinero, mucho dinero. Tuvo claridad para identificar oportunidades de negocios. Otros en la misma situación, fracasan. Cuando volvió del sur se inscribió en un curso corto para ejecutivos. No existía todavía la computadora, se recurría a los manuales. Escuchó por primera vez una teoría útil en la vida real, el concepto de mercado de competencia perfecta. Libre concurrencia, libertad de entrada y acceso irrestricto a la información por parte de oferentes y consumidores. Comprendió que el éxito en operaciones inmobiliarias se lograba aprovechando la opacidad de los mercados imperfectos, que brindan oportunidades fabulosas de inversión. Prever el aumento de precios de terrenos rurales cuando pasan a ser urbanos. Un nuevo camino que mejora el acceso a casas y terrenos. Modificaciones de los códigos que autorizan usos más intensivos de terrenos. La espera paciente recompensa, pero no es necesario esperar que se den las condiciones, simplemente el inversor puede crearlas de modo efectivo captando información a partir de contactos favorables o bien directamente, sobornando empleados, gerentes o autoridades. La clave del éxito es realizar la operación sin ser descubierto y procesado. Hay siempre funcionarios, políticos, concejales o simples empleados, dispuestos a secundar el negocio, dependiendo del riesgo y el monto de la recompensa. Su amigo dilecto, Luis Alberto Romano le dijo un día:

- ¡Hermano! fui electo concejal, "estoy salvado".-

Entendía el significado de su expresión. Luis Alberto era un jugador arriesgado que solicitaba un préstamo bancario y sin saldar la deuda concurría a otro banco o sociedad financiera para repetir la operación. El riesgo era la quiebra personal dada su pasión por la ruleta, los naipes y los caballos de carrera. El puesto de concejal municipal le abría un futuro promisorio basado en favores a cambio de dinero y votos. Bastones para los ancianos, zapatillas para la juventud, chapas onduladas para los que viven en villas de emergencia. Alfredo concordaba con la idea de su amigo que a los políticos sólo les interesa el poder, impedir que otro lo desplace en una elección o en su cargo. Son raros los políticos que piensan que deben resolver los problemas para que la gente viva mejor.

Muchos alababan a Alfredo diciendo que era "un tigre para los negocios". Decían que era herencia de su padre, hábil y ladino para establecer amistades propicias y especular con ganancia. Diversificó sus inversiones comprando y vendiendo divisas, aprovechando la inflación desenfrenada en la economía nacional. En esas condiciones una inversión productiva nunca puede ser rentable. A pesar de ello, compró un campo cercano a la propiedad de su padre en Arrecifes. Le propuso trabajar en sociedad, que permitiría compartir el encargado, el tractor e implementos agrícolas y lograr precios favorables en compras conjuntas de semillas e insumos. La sociedad lo acercaba a su padre y lo situaba de modo ventajoso en la futura herencia frente a su hermano. Luciano apreciaba sus dotes comerciales, su capacidad de asumir riesgos, como una continuidad de su propia existencia. Desdeñaba lo que consideraba tonterías de Pablo, su aprecio por los insectos y los pájaros. Dijo una vez: "Pablo es un intelectualito que jamás va a ganar un centavo".

Su padre propuso realizar el contrato de sociedad de modo formal en la oficina de un escribano, dos empleados fueron los testigos:

-Quiero decirte que siempre te tuve confianza. Es un orgullo para un padre trabajar con un hijo como tú, hábil en los negocios, de gran capacidad de trabajo- dijo Luciano.

-Me alegra que podamos trabajar juntos. No te arrepentirás- expresó Alfredo con convicción.

Dicho esto, Luciano descorchó una botella de buen vino tinto e invitó a los presentes a brindar por el éxito de la sociedad.

La posición financiera de Alfredo era promisoria. Poseía una cuenta bancaria en un paraíso fiscal en el extranjero, una chacra en la provincia, el departamento en Buenos Aires y un automóvil de sólo dos años de antigüedad. Prácticamente no pagaba impuestos. Pero su afición a los juegos de azar representaba siempre una amenaza a la estabilidad de sus cuentas bancarias.

18

En 1973 se inició un nuevo período en la Argentina al regreso del general Perón de su exilio en España. El 11 de marzo, tras elecciones libres, asumió la presidencia de la Nación el Dr. Cámpora, cuyo breve gobierno estableció un Pacto Social entre sindicatos y empresarios que sostuvo su política económica. La democratización en las universidades permitió la reincorporación de muchos docentes, entre ellos, Pablo y Ernesto Sormani. Para Pablo fue una oportunidad enseñar ecología en un momento en que el mundo comenzaba a preocuparse por el calentamiento del planeta y el deterioro del medio ambiente, tema central de la Conferencia de la ONU en Estocolmo en 1972.

Pablo enfatizaba el aprendizaje de métodos en la investigación biológica. Los estudiantes realizaban monografías acerca del comportamiento de los seres vivos y su impacto en los ecosistemas agrícolas, de bosques y el mar. Sin embargo, la universidad, por su ambiente convulsionado, no era un lugar propicio para la formación o la investigación. En ella se reflejaban los enfrentamientos y violencia entre sectores y facciones políticas en el nivel nacional. Pablo y Horacio coincidieron en que no podían quedar al margen de los conflictos y aunque no eran militantes orgánicos, comenzaron a apoyar a los sectores que buscaban afianzar la democracia universitaria y el estado de derecho.

Por esa razón decidieron asistir a la movilización que se realizó el 20 de junio en el espacio de la autopista al aeropuerto para recibir al General Perón que hoy se conoce como "La Matanza de Ezeiza". Se ubicaron junto al grupo universitario, cantaron sus consignas, se enteraron que Perón no asistiría al acto y presenciaron con horror el inicio de los disparos de armas de fuego y la consiguiente desbandada de la multitud que huía en pánico, abandonando pancartas y enseres personales. Corrieron separados y se encontraron sanos y salvos ante el auto estacionado. Los medios de comunicación informaron que había muertos y heridos, personas colgadas desde el palco oficial, pero nunca se conoció la verdad acerca de lo ocurrido.

El Dr. Cámpora renunció a su cargo para dar lugar a nuevas elecciones el 1° de julio, donde el General Perón fue electo a la presidencia de la República por amplia mayoría. A su muerte en 1974 lo sucedió su viuda, María Estela Martínez de Perón. Quien llegó en realidad a ocupar el máximo poder en la cúpula del Estado en 1975 fue el ministro de bienestar social José López Rega, apodado "El Brujo" por su afición a la astrología, quien elucubraba y ponía en marcha acciones represivas que el mismo "Aprendiz de Hechicero" hubiera envidiado. Se decretó la intervención de las universidades nacionales con el objetivo explícito de su "depuración ideológica". El grupo de interventores designados incluyó hombres ultraderechistas, auto declarados fascistas. En febrero de 1975, Pablo fue expulsado de la Universidad junto con cientos de profesores.

Cuando recibió el documento en el cual se lo dejaba cesante de su cargo universitario, Pablo imaginó al "Brujo" López Rega en su altillo, sentado en un banco alto de tres patas, trazando en su tablero las posiciones de los astros con regla y compás. Su objetivo era interpretar el dictado del cosmos para imponer sus designios, al igual que el "Astrólogo", personaje criminal de Roberto Arlt, en "Los Siete Locos", que planificaba cómo conquistar el mundo mediante el uso de la fuerza.

La conmoción de la experiencia de "Ezeiza" y la expulsión de la universidad tuvieron un impacto fundamental en Pablo como ser humano y como ciudadano. Reconoció la tragedia que significaba en su país la influencia de sectores políticos de ultra derecha y la necesidad de sumarse a la lucha por una democracia efectiva. Conocía al Dr. Luis Senna, abogado de un profesor amigo acusado de realizar actividades subversivas en la Universidad del Sur y decidió apoyar su activa defensa de los derechos humanos. Lo visitaba cada tanto en su oficina, ubicada en el área de los Tribunales, para dialogar acerca de los trabajos y gestiones que realizaban en colaboración. Un día intentó comunicarse con él por teléfono, nadie contestaba. Le pareció extraño, de modo que decidió concurrir personalmente. El viejo ascensor de rejas lo elevó hasta el 5°. Piso. Un cartelito sobre la puerta anunciaba que la oficina se hallaba cerrada hasta nuevo aviso. Pablo comprendió el mensaje. Después le informaron que una bomba de alto poder había explotado en la casa del Dr. Senna en el barrio de Florida, destruyendo parte de una habitación y los cristales de todas las ventanas. Por azar, no había nadie en la casa, su familia se hallaba ausente en Tucumán. No había dudas que el atentado, como muchos otros que se produjeron en 1975 contra conocidos intelectuales y personas democráticas, eran obra de la organización ilegal tristemente conocida por su sigla Triple A, "Alianza Anticomunista Argentina". Salió de su casa por un tiempo por precaución.

19

Alfredo se hallaba en un período perjudicial de su vida, por sus relaciones con grupos represivos de acción violenta. Nunca habló de su asistencia a la fallida movilización conocida como la "Matanza de Ezeiza", donde no lo reconocieron y pasó un momento álgido cerca del palco. Creyendo que era del bando odiado, lo empujaron y tiraron al suelo, lo patearon en las costillas y arrastraron por los cabellos hasta que consiguió que lo identificaran. Alguien declaró que lo conocía. Se salvó de que lo introdujeran herido en algunos de los automóviles del grupo represivo que participó en la movilización y enviado a un destino funesto. Concurrió en la noche cerrada al servicio de urgencia de un sanatorio privado al que le costó llegar con el cuerpo dolorido. El taxista que lo recogió en la calle miraba con desconfianza su ropa arrugada, manchada de sangre. Pagó el viaje agregando una fuerte propina, para evitar una posible denuncia. El hombre se encogió de hombros, puso en marcha el vehículo y se perdió en la oscuridad. Le curaron las heridas, pero el dolor en los huesos y los músculos se hizo crónico.

El episodio no afectó mayormente sus salidas nocturnas. Sus camaradas apreciaban su desprecio por el orden moral y al mismo tiempo su carácter reservado y confiable, un compañero que seguramente ocultaría acciones sospechosas de las que podría ser testigo. Su cualidad reconocida era su destreza como chofer de reflejos rápidos, atento a cualquier amenaza para escapar a velocidad poniendo a salvo a sus compañeros. Alfredo callaba acerca de su participación en ciertas incursiones que sus camaradas valoraban como voluptuosas y excitantes.

Descuidó sus negocios, hizo algunos malos cálculos y comenzó a perder dinero. Aumentaron sus deudas contraídas en juegos de azar. Cuando pidió un préstamo a Silvio Rossi, compadre de Luis Alberto Romano, le prometió que podría devolverle el dinero fácilmente, ya que seguiría ganando.

Explicaba que su pérdida de la noche anterior había sido una excepción porque a pesar de tener buenos naipes, siempre se pierde ante una escalera real.

A mediados de 1975, Alfredo decidió pedir dinero a su padre, que había regresado de Arrecifes satisfecho por la venta exitosa de un lote de novillos Hereford a un frigorífico de Buenos Aires. Su hijo, centrado en la idea de un campo próspero, no tuvo en cuenta o ignoraba la verdadera situación financiera que atravesaba su padre. En el mes de junio, el gobierno aplicó a la economía nacional una elevada devaluación de la moneda conocida como el "Rodrigazo", término referido al ministro de economía Celestino Rodrigo, impulsor de la medida. Significó un golpe definitivo a la empresa de Luciano, que operaba mediante préstamos en dólares cuyas deudas resultaron impagables. La empresa fue rematada judicialmente, con los consiguientes perjuicios a los inversores, entre ellos, el propio Luciano.

Luciano recibió a Alfredo en el salón de su departamento. Le preguntó:

- ¿Te sirvo alguna bebida, un whiskey, un té, café? -

-Un whiskey con hielo- dijo Alfredo.

Luciano sirvió dos vasos, lo miró:

-Querías verme…- dijo.

-Si, ¿Podrías darme dinero prestado? – Alfredo esperaba la respuesta bebiendo whiskey con pequeños tragos.

- ¿Cuánto necesitás? -

-Unos dos mil dólares. Mil para pagar una deuda.-

Luciano respiró profundamente. Tenía las manos apoyadas en los brazos del sillón, rígida la posición de su cuerpo.

- ¿Y si yo no tuviese ese dinero? -

Alfredo lo miró sin que un solo gesto anunciara una respuesta. Las miradas del padre y el hijo quedaron suspendidas en el silencio. Un movimiento de la mano y Alfredo esgrimió un revólver. Quizás lo oprimía la fuerza de una cólera contenida, probablemente teñida de una larga historia de soledad. Su revólver parecía congelado.

Luciano tampoco respondió con la violencia que hubiera

merecido este enfrentamiento con Alfredo. Solamente indicó con un gesto la puerta de salida.

El dinero no era lo fundamental sino el acto que expresaba la intención de querer matar a su padre, que desapareciera. Matar al padre que siempre lo privilegió dándole objetos que sólo servían para disipar su existencia, un auto, una moto, pero no le dio algo, tener un padre. Luciano nunca fue un padre orientador que lo escuchara, lo contuviera, lo aconsejara. Era el héroe de una saga, no un padre real.

Luciano caviló sobre el incidente sintiéndose profundamente perturbado. ¿Sería su hijo capaz de un crimen? Sospechaba de sus excesos y tratos con políticos deshonestos y peligrosos. El comerciante, de ideas moderadas, no aprobaba la violencia. Siempre aceptaba lo que aparecía ante sus ojos sin cuestionar ni el origen ni el sentido. Sólo calculaba si era ventajoso o no para él. Este encuentro con Alfredo vino a desestructurar esta actitud. Buscó compartir su dolor con su mujer. Ana Isabel tampoco tuvo respuesta, estalló en un lloro convulsivo, las lágrimas corrían. Se refugió en el dormitorio., se recostó en la cama. Así pasó la noche, despierta. En absoluta soledad, padecía inconsolable la herida profunda del fracaso maternal.

Luciano pidió una entrevista a su escribano diciéndole que deseaba verlo con cierta premura. El día de la cita esperó en la antesala unos minutos y el secretario lo hizo pasar al despacho del profesional. Don Ignacio Fernández Redondo hacía honor a su apellido. Hombre voluminoso de sesenta años, bien vestido, orgulloso de su status, se levantó de su escritorio para saludarlo y lo invitó a sentarse:

- ¿En qué puedo serle útil? -

-Quiero desheredar a mi hijo Alfredo- contestó Luciano sin dar razones.

-En la Argentina no es posible desheredar a un heredero forzoso, su cónyuge o sus hijos. La ley permite que haga un testamento limitado a la quinta parte del conjunto de sus bienes-

Luciano hizo un rápido cálculo y expresó:

-Entonces, por favor, redacte un testamento por el cual aumenta en 20% de mis bienes la herencia de Pablo Lombardi, mi hijo mayor-

-Le prepararemos un borrador y con su aprobación, el mismo día podrá firmarlo. Necesito los nombres completos, documentos de identidad y domicilios de los miembros de la familia involucrados en el documento-

Para transmitir su voluntad con claridad a sus hijos, solicitó al escribano que enviase copia del testamento a cada uno de ellos por correo.

Cuando su hijo menor recibió el documento decidió organizar una venganza.

Era un día martes casi al anochecer, cuando se requiere encender la luz para desplazarse por el departamento. Pablo había regresado del laboratorio y ordenaba su ropa en el dormitorio. Sonó el timbre de la puerta de entrada. La abrió. Ingresaron con violencia dos hombres fornidos, lo empujaron. Uno de ellos le apuntó con un arma de fuego exigiéndole silencio mientras el otro lo inmovilizaba torciéndole los brazos detrás de la espalda. El hombre armado, sintiéndose seguro, guardó la pistola en el cinto y le pegó una trompada en el estómago que lo hizo caer al suelo, luego comenzó a patearlo salvajemente. Dejaron a Pablo acurrucado en el piso. Luego, de modo sistemático, comenzaron a volcar muebles, romper objetos, cuadros, fotografías, desparramaron los libros y carpetas de la biblioteca. Mientras uno de ellos permaneció atento a la inmovilidad de la víctima, el otro fue al dormitorio y destrozó muebles y enseres. Pablo llegó a pensar que no saldría con vida del atropello. No hubo robo. Sólo destrozos.

El movimiento y el ruido cesaron. El segundo hombre reapareció. El primero habló por primera vez:

-Para que pienses lo que harás con tu 20%, si nos batís, en la próxima te matamos-

Se fueron. ¿Quiénes eran los invasores? ¿enviados de Alfredo? Pablo consiguió liberar los brazos aflojando la soga. Consiguió acercarse al teléfono y llamó a su amigo Ernesto

Sormani. Le dolía la cabeza y todo el cuerpo, se sentía frágil, mareado al ponerse de pie. Cuando su amigo lo vio maltrecho, dedujo que, a pesar de sus evidentes heridas y moretones, su amigo se hallaba estable y podía ser transportado. Lo ayudó a despojarse de la ropa sangrienta y a vestir una camisa y pantalón limpios que encontró en el ropero. Lo ayudó a bajar en el ascensor y a subir a su automóvil para conducirlo a la clínica privada de un amigo, a quien le informó de la emergencia. Evitaba así recurrir a una ambulancia y al servicio de urgencia de un hospital, que hubieran exigido una denuncia policial.

Pablo tenía miedo de que el ataque fuese político llevado a cabo por miembros de un grupo represivo y que su hermano Alfredo estuviese vinculado. Tenía miedo de hacer una denuncia a la policía. Mientras soportaba los dolores de cabeza, en los músculos de la espalda y en la pierna izquierda que lo atormentaban, imaginó el interrogatorio policial: ¿Qué le pasó? Dos hombres entraron a mi casa. ¿Podría describirlos? Sí, uno era alto, robusto, con cara de toro y rasgos de… imposible. Alternativa: la policía podría buscar huellas digitales en el departamento, identificar a los individuos y llegar a su hermano. Absurdo. No hubo asesinato ni robo, tampoco cuchilladas o descarga de armas de fuego. No era la escena de crimen de una serie policial televisiva.

Recostado Pablo en la camilla, el médico diagnosticó que el pulso acelerado y la alta presión sanguínea eran producto del stress:

-Lo acompañó su buena estrella porque hay casos en que un golpe en la cabeza puede provocar convulsiones que ponen en riesgo la vida del afectado. No hay riesgo cardíaco ni pulmonar. No hay fracturas óseas, probablemente son esguinces, lesión de ligamentos. En síntesis, lo voy a estabilizar con suero, limpiar sus heridas y cerrarlas con algunos puntos. No se preocupe, lo haré con mínima anestesia local. Sería conveniente que quede internado por lo menos un día para observar su evolución y verificar que ningún órgano interno ha sido afectado-

Pablo se hallaba en un cuarto individual con ventana a un fondo tranquilo, comida insípida; una enfermera venía cada tanto a controlar la fiebre, la presión sanguínea y el goteo del suero. Los estudios de diagnóstico por imágenes, especialmente de la cabeza, no mostraron nada alarmante. Tenía vendas, las heridas suturadas, el brazo en cabestrillo.

Se quedó dormido y soñó. Transformado en un fauno doliente con ostensibles cuernos era cortejado en el bosque verde por un corro de mujeres deseables, algunas conocidas y otras no. El sueño olvidaba las relaciones de parentesco en el bosque primigenio, omitiendo la existencia de un deseo entre primos. Ernesto Sormani se hallaba sentado en el sillón incómodo destinado a visitantes. Tenía entre sus manos el dispositivo eléctrico que regula las posiciones de la cama. Sonreía, distraído.

Cuando acudió la enfermera, Pablo despertó. Ella le dijo que no necesitaba pasar otra noche en el hospital, podría salir esa tarde.

Mientras se vestía con movimientos pausados, pensó en los sucesos vividos. El dolor en la espalda y en la pierna izquierda no agotaban el impacto. El recuerdo imborrable de la agresión de su hermano. ¿Enviar matones a golpearlo? Cobardía, Alfredo obró a través de sus acólitos, no asumió con su presencia la responsabilidad de su acto. Fue un hecho enmarcado en el largo enfrentamiento con su hermano. No obstante, también podría haber sufrido el ataque de un grupo represivo por sus ideas políticas. ¿Estaría Alfredo vinculado con alguno de esos grupos?

20

El 24 de marzo de 1976 es una fecha inolvidable. Señala la instauración de la dictadura militar más cruenta en la historia moderna de la Argentina. Una dictadura que aplicó un plan sistemático y cruel de represión mediante el terrorismo de Estado cuyos estragos se conocen hoy en todo el mundo. Poseer un libro, una agenda con un nombre sospechoso podía conducir a la prisión, la tortura y la desaparición. Cundió la inseguridad, el sentimiento de miedo, mirar atrás para cerciorarnos que nadie nos persigue. Esperar con angustia el retorno de un familiar o amigo retrasado, sin conocer su paradero. La dictadura quemó un millón y medio de libros y la sociedad argentina quemó o enterró por miedo sus propios libros.

En marzo de 1977 Pablo se hallaba trabajando en el Laboratorio. Una secretaria acudió a comunicarle que dos policías preguntaban por él. Sintió miedo previendo un destino funesto. Cuando acudió a la salita de espera, dos hombres uniformados lo aguardaban de pie con rostros severos. No hablaron, lo miraron fijamente. Uno de ellos indicó que debía acompañarlos y lo condujeron en un auto policial a la sede central de la Policía Federal. Esperó en una habitación sentado en un banco, custodiado por dos agentes. A su alcance dejaron sobre un sillón, como por descuido, armas de distinto calibre, revólveres, un fusil ametrallador. El desafío era evidente: toma un arma y prueba salir de aquí indemne. Cada tanto entraba y salía personal uniformado o vestido de civil. Lo interrogaron acerca del Dr. Luis Senna, el motivo de su asistencia a una reunión en la ciudad de México. Contestó que no sabía, que sólo lo había visto en la Universidad. Lo dejaron en libertad. Salió inseguro a la calle, consciente que era un momento crucial, cuando podía ser atacado físicamente o incluso ser secuestrado por algún grupo parapolicial. Nada, solo encontró el silencio de sus pensamientos. Decidió volver a su casa a pesar del riesgo. No vio nada sospechoso. Cuando entró, recibió una llamada telefónica. El desconocido dijo que era funcionario de la embajada norteamericana. Pensó que se trataba de una celada. No obstante, su interlocutor proporcionó detalles que lo convencieron que decía la verdad y aceptó su propuesta de encontrarlo en un café.

Lo saludó un hombre de unos cuarenta años de edad, le mostró una tarjeta de identificación de agregado a la embajada de Estados Unidos de Norteamérica en Buenos Aires. Pablo pensó que era un agente de inteligencia. Hablaba español con marcado acento norteamericano.

-Le informo que Edward Kennedy, Senador demócrata por Massachusetts, se comunicó con el Ministerio del Interior para interesarse por la situación del Dr. Luis Senna, abogado de derechos humanos, detenido en la sección internacional de la Policía Federal. Obviamente fue difícil para el senador decidir si su intervención sería útil o perjudicial para el detenido, ya que podría herir los sentimientos nacionalistas de sus interlocutores y representar un peligro para el detenido, con el argumento de una intervención extranjera en asuntos internos del país-

Luego expresó:

-Pienso que usted debe salir del país hoy mismo o mañana a más tardar. Los funcionarios que lo interrogaron no son policías, sino miembros de la Triple A que continúan sus crímenes y asesinatos bajo las órdenes de la dictadura militar. Vaya a su casa. Tiene tiempo para hacer las maletas y viajar fuera del país-

Le agradeció. Retornó a su casa y por precaución decidió no comunicarse con su familia. Desde un teléfono público realizó una llamada a Ernesto. Comenzó a preparar una valija con ropas, enseres personales y su pasaporte. Ernesto adquirió por teléfono un pasaje para un vuelo Buenos Aires-Madrid saliendo esa misma noche. Ofreció el Fiat a un vendedor de automóviles y sin regateos lo vendió con una pérdida del 40% de su valor de mercado. El importe lo destinó a pagar en efectivo el pasaje aéreo y el saldo se lo entregó a Pablo en dólares para que dispusiera de algún dinero en España. La agencia de viajes envió el pasaje a la oficina de Ernesto y él lo condujo al aeropuerto internacional en su automóvil.

El auto circulaba por la autopista pasando por el lugar del drama de la Matanza de Ezeiza. Vieron personal armado de la fuerza aérea a lo largo del camino, pero nadie los detuvo. A la hora de partida se despidió de Ernesto con un fuerte abrazo y subió por la escalera mecánica. Check-in en la línea aérea, tarjeta de embarque con el número de asiento y despacho de la valija, enseguida el control de seguridad y la ventanilla de migraciones donde el empleado lo saludó. Respiró hondo. Se dirigió a la puerta de salida, tomó asiento y esperó.

El avión se hallaba casi completo de pasajeros. Intentó conciliar el sueño después de cenar. Imposible. Desde el aeropuerto de Barajas llamó por teléfono a sus padres, a Elizabeth, habló con los niños. Saludó a Ernesto. No pronunció la palabra exiliado.

El taxi lo transportó a la pensión que recomendó Ernesto. En su habitación se arrojó vestido a la cama.

Al despertar, recordó el sueño de la noche. Vestido como Simbad el Marino volaba a gran altura montado sobre el pájaro Roc planeando sobre el mar. Permanecía inmóvil, extrañado de no sentir miedo al vacío. En calma, admiraba los colores del cielo mientras avanzaban en la luz matinal. En algún momento, el enorme pájaro voló trazando una amplia curva para descender en una franja de tierra plana cercana al mar. Cuando el ave aterrizó, hizo un leve movimiento indicando que habían llegado a destino. Dejó deslizar su cuerpo a tierra, el pájaro desplegó las alas y partió. Caminó hacia el este atravesando una cadena de dunas y llegó a una playa de arena. Las olas del mar agitado chocaban contra las rocas dejando abundante espuma blanca sobre la playa. Pensó que encontraría monstruos marinos, antecesores quizás de las ballenas o delfines. Lo único que veía alrededor suyo eran gaviotas de color blanco y gris que volaban hacia el mar para precipitarse al agua y pescar su alimento. Ningún ser humano a la vista. Estaba "exiliado" en una playa inmensa, desconocida. De pronto apareció un largo cortejo de personas con vestimentas medievales que avanzaba lentamente a lo largo de la playa. Caminaban en fila hombres vestidos con togas y túnicas, sombreros, morral y bordón; mujeres con camisolas y vestidos largos con adornos de conchas de vieira, el cabello atado con cinta; soldados con jubones y capas llevando escudos con símbolos y espadas; religiosos con largas túnicas; siervos con tejidos simples sujetados por un cinturón; pordioseros con rebozo y túnicas oscuras. Caminaban en un silencio sólo alterado por el leve sonido de los cascos de un corcel blanco enjaezado a la usanza oriental, montado por un caballero que acompañaba al trote corto el cortejo. El caballo, brioso, piafaba y caracoleaba, el hombre, bien sentado en la silla, sujetaba las bridas con sobriedad.
No era un espejismo o una comparsa, la gente avanzaba con

paso firme sobre la arena dura. El cortejo torció el rumbo y comenzó a subir la pendiente de una colina de roca. Los siguió a distancia prudencial, ascendiendo por las curvas de la ladera. Abajo, la playa y el mar. A lo largo del camino sólo arbustos y árboles ralos, ningún animal, pájaro, roedor, culebra o insecto en el sendero. El cortejo y el caballero del corcel blanco habían desaparecido. Una larga muralla de piedra se alzaba sobre la cima del acantilado, detrás asomaban torres y miradores. Atravesó el portal abierto y entró al silencio de las ruinas. Un espacio vacío, sólo escombros.

Al despertar, se hallaba en la pensión de la calle del Prado. Bajó a tomar un ligero desayuno y luego descubrió que Madrid era una ciudad bulliciosa a esa hora temprana de la mañana. El tránsito de vehículos y peatones en movimiento, edificios pintados de amarillo o blanco. Faroles de hierro adosados a los muros, portales y balcones elaborados. Entradas peatonales, bodega, panadería cervecería, bollería, una librería cerrada. Silencio en la calle Ventura de La Vega, arbolitos y farolas. Una imagen urbana del siglo XIX.

No era oportuno visitar la ciudad, caminar hasta la Plaza de Las Cortes y la fuente de Cibeles. Lo urgente era buscar trabajo. Se dirigió hacia el oeste donde descendía la numeración y entró a la Plaza de Santa Ana. En las inmediaciones, junto a un restaurante popular, encontró la oficina de turismo. El nombre del gerente, Porfirio Covarrubias, le pareció bienaventurado, portador de esperanzas. Ernesto Sormani habló de él como un hombre generoso y práctico. La conversación fue alentadora. Covarrubias le ofreció un empleo temporario en la oficina, a partir de la semana siguiente.

Ese fin de semana, Pablo decidió realizar una visita a Madrid. Desde la Fuente de la Cibeles y la calle de Alcalá caminó hasta la Puerta del Sol. Entró al espacio de la Plaza Mayor, se sentó en un café y pidió un bocadillo de calamar y un vaso de vino tinto. Algunos turistas recorrían la histórica plaza. Un anciano arrojaba migas de pan alborotando las palomas.

Al anochecer, se dirigió al Ateneo de Madrid, una institución cultural ubicada sobre la calle del Prado, muy cerca de la pensión. Lucía la mencionó como un lugar destacado en la vida cultural de la ciudad, con salones de reunión y biblioteca, donde se realizaban tertulias y discusiones entre escritores y artistas. Pablo asistió a un recital de poesía. Al salir de la sala recogió un folleto con el calendario de actividades. Volvería muy pronto.

Realizó la visita al Museo Nacional del Prado recordando las conversaciones con Elizabeth acerca de sus artistas preferidos. Fue directamente a ver algunas obras. Dirigió sus pasos hacia "Las Meninas", de Diego de Velázquez. Se detuvo atraído por la figura del pintor, la paleta con los colores y el pincel en la mano. Se preguntó si Elizabeth deseaba pintar sobre una tela tan grande como la de Velázquez. Sus ojos recorrieron el cuadro, se detuvieron en cada uno de los personajes de la familia de Felipe IV, que parecían alineados como en una escena teatral. Lo interrogaba el uso de la luz y las sombras oscuras en el cuadro. Pablo sintió que la obra lo llevaba a interesarse en la pintura de una nueva manera.

Caminó lentamente, buscaba las salas donde se encuentran las obras de Goya. Cuando era muy joven, en un libro de arte, las ilustraciones de las pinturas negras le habían provocado un interés particular por los negros y ocres que las poblaban. Por fin las imágenes nocturnas y la terrible presencia de Saturno, que descubren aspectos terribles de la vida humana. Tardó mucho tiempo en tornar su cuerpo y dejar ese mundo de una extraña belleza.

En otra sala lo fascinó "El jardín de las delicias" de Hieronymus Bosch (el Bosco). Permaneció inmóvil contemplando la obra misteriosa del artista sorprendido por la abundancia de detalles con un fondo de colores claros, una visión de personajes enigmáticos, la presencia del infierno, suplicios, cuerpos desnudos, seres que salen de una concha marina, pájaros, salamandras, instrumentos de medida.

Volvió a la pensión caminando pensativo. Después de cenar consiguió hablar con la familia en Buenos Aires. Elizabeth lo animó contándole hazañas de los mellizos. Lucía le dijo que lo extrañaba y que le gustaría viajar a Madrid para verlo. Su madre le habló con voz débil recomendándole que comiese bien y que cuidase su salud.

El lunes por la mañana llegó puntual al trabajo. El señor Covarrubias le explicó los objetivos de la oficina. Le presentó al empleado Enrique García a quien le pidió que le enseñara los manuales de viajes y transporte y servicios al cliente. Pablo comprendió que las demandas de turismo abarcaban una amplísima gama de alternativas que dependían de las características del público y sus destinos en España o en el extranjero.

El método para responder a la demanda era similar al que utilizaría un biólogo para orientarse en el laberinto de la clasificación taxonómica de Linneo, recurrir a las guías, listados, itinerarios y horarios de transporte. Marcaba con un lápiz los circuitos y la ubicación de los lugares de interés en el plano de Madrid sin haberlos nunca visitado. Volaba en el autogiro de su imaginación para aterrizar en los jardines del Palacio Real, el Parque de El Retiro, el Monumento a Cervantes o el Estadio Santiago Bernabéu. Pablo atendía a los clientes con una sonrisa. Era cortés, servicial, exacto en el tono, capaz de orientar al turista sin perder la calma. Escondía su condición precaria y verdadero estado de ánimo. Su objetivo era conservar un empleo que de modo temporario subvenía a sus modestas necesidades. Nadie debía sospechar que su actitud atenta y disposición diligente le demandaban un esfuerzo de disciplina. Pablo recomendaba paciencia, se necesita tiempo para conseguir alojamiento o un pasaje de tren en esta época de intenso movimiento, decía.

Uno de los clientes, argentino exiliado, lo vinculó con otros exiliados. Conversando alrededor de un café después del trabajo, las conversaciones no le atrajeron. No compartía su nostalgia de la cultura de la vida cotidiana en la Argentina. No le hacía falta como a ellos escuchar tangos, música folklórica o evocar los cafés de Buenos Aires. Su relación con el país donde había nacido era la gente, seres humanos que, como él, podían ser afectados por la dictadura. En España no tenía anclaje, no tenía una historia, no obstante, tenía la esperanza de conocer gente, hacer amistades. Pensaba en su madre y en el padre. Extrañaba al tío Gabriel. Los hijos. Marcos y César eran adolescentes de quince años de edad. Pedía a Elizabeth que le enviase fotos, les escribía, les mandaba tarjetas postales. Le hablaba a Marcos de tecnología, de su nueva computadora. A César, interesado en arquitectura, le enviaba tarjetas con las imágenes de edificios de arquitectura moderna española.

Una noche, mientras cenaba en un bodegón cercano a su departamento, Pablo escuchó las voces de dos hombres que hablaban español en la mesa vecina con un acento reconocible:

- ¿Es usted chileno? – preguntó al que parecía mayor.

El hombre sonrió: - Soy de Santiago, me llamo Diego Alonso, Larraín es de Valparaíso -

Lo invitaron a su mesa.

- Me exilé después del golpe de Pinochet saliendo a Buenos Aires. Un compatriota suyo solidario me alojó en su casa por tres días - dijo Alonso

- ¿Cuánto tiempo durarán nuestras dictaduras? – preguntó Pablo.

-No lo sabemos. Son situaciones históricas y sociedades muy distintas- dijo Alonso. En España la guerra duró cuatro años. Madrid resistió hasta 1939. Fue la primera gran ciudad en la que se bombardearon objetivos civiles con apoyo aéreo de la Alemania nazi y la Italia fascista. Un preanuncio de lo que sucedió en muchas ciudades durante la segunda guerra mundial-

-Me pregunto qué piensan ahora los españoles de la guerra civil- dijo Pablo.

-Hay ánimo de concertación en muchos ámbitos, político, sindical, necesidad de paz- expresó Larraín. -Sin embargo, la transición hacia un sistema democrático es difícil-

-La memoria es necesaria, no olvidar para construir algo

nuevo- dijo Alonso con expresión seria. - Hemos organizado un grupo que recoge información para denunciar a Pinochet y a la Junta Militar Argentina. Estamos en contacto con otros grupos en Francia, en México y en los Estados Unidos. Debes venir a la próxima reunión este sábado- Pablo aceptó, de inmediato.

Decidió visitar el Museo Nacional de Ciencias Naturales. Tomó un subterráneo, luego un ómnibus y caminó hacia el Paseo de la Castellana. Recorrió la sala de animales disecados que conmueve a los niños por el tamaño gigantesco de los ejemplares expuestos, un elefante, un esqueleto de ballena, el calamar gigante, el Diplodocus Carnegii, de 25 metros de largo y cola de hasta 70 vértebras. La excelente colección de "eslabones perdidos" explica el paso de los peces a los anfibios, de los reptiles a los pájaros y de los mamíferos terrestres a las ballenas en la teoría de la evolución. En un folleto leyó que las colecciones del Museo alcanzaban a seis millones de ejemplares, de los cuales los insectos comprendían casi dos millones de especímenes.

Pablo admiró la colección de insectos deteniéndose ante las vitrinas de "avispas" depredadoras solitarias. Un señor de edad madura se acercó:

-Perdone mi curiosidad ¿Por qué le interesan estos insectos? -

- Me interesa el comportamiento de los seres vivos y su relación con el medio ambiente -

-Yo soy biólogo, investigador en el Museo. ¿Se ha dedicado usted particularmente a los insectos? -

- Trabajé un tiempo en el Museo de Ciencias Naturales de Buenos Aires estudiando especies de himenópteros solitarios. Cuando fui profesor de la Universidad de Buenos Aires realizamos un trabajo sobre la "hormiga argentina"-

- Me gustaría seguir conversando con usted- dijo el científico-. Lo invito a tomar un café en la cafetería. Si está de acuerdo, cuando termine su visita, venga a buscarme a la oficina 43, cuarto piso. Mi nombre es Andrés Caballero-

Encontró con facilidad a Caballero y conversaron acerca de los últimos avances en la taxonomía y problemas en la investigación biológica. Caballero prometió organizar una reunión para presentarle algunos colegas.

Pablo cumplió su promesa de asistir a la reunión del grupo de exiliados. Conoció sus tareas de información y difusión, sus denuncias a los medios de comunicación e instituciones europeas para exigir respeto a los derechos humanos en América del Sur. Esas reuniones le permitieron establecer sus primeras amistades en Madrid.

22

Pablo escribe pensamientos que lo hacen construir escenas de horror nunca vividas, pero que traducen el temor y la ira que provocan en él la existencia de la dictadura, la realidad de la tortura y las desapariciones que hundieron su país en la oscuridad y el silencio obligado.

Un conjunto de seres deformados en un recinto apenas iluminado por una triste lamparilla. La luz reflejada sobre una mesa oscura. Un hombre de guardia espiaba a través de los vidrios de un ventanuco. Cuerpos tullidos, sangrientos, los rostros tiznados de violeta. Muñones de brazos y piernas retorcidas, rosada la carne abierta, rudamente castigada. Olor a carne flagelada. Gritos piden socorro en la agonía. Tengo miedo, decía la mujer abrazada a su cuerpo macerado. No es el miedo infantil, el temor al monstruo que podría devorar su vientre en el lecho. Le sacaron el hijito amado. Sin piedad alguna. Como si en el juego de ajedrez, el rey y la reina hubieran dado la orden imperativa de castigar a los alfiles. Temor al sufrimiento, máquinas eléctricas, picanas y garfios, esperando la tortura cotidiana.
La tierra muerta sin refugio posible. Solo, corre por la planicie en declive hacia el mar. En la costa, las olas llegan a la playa dejando espuma, lamen cuerpos. Después de los aullidos se los llevaron. Silencio. Rugen los motores de aviones, los prisioneros drogados caen indefectiblemente al mar dando vueltas en el aire para morir ahogados. Nubes negras. El mar en cierta calma. La corriente mañana los hará descubrir. Cadáveres en la arena. Las gaviotas emiten chillidos agudos precipitándose al mar para engullir los peces. Las ratas huyen espantadas. Pesadillas reales.
Se descubre dónde entierran subrepticiamente a los cadáveres en la tierra muerta, tumbas colectivas. Apúrense, corran. Sólo sobreviven los que ceden y colaboran, confiesan

los nombres, señalan los escondites secretos.

El viento cruza la tierra arada. Los seres vivientes la han abandonado. No se preocupe, con ese prontuario escueto no podría pasarle nada. Si tuviera un extenso prontuario de hechos graves aparecería tirado en una cuneta cualquiera. Los cuerpos desnudos en la zanja con heridas profundas. Están muertos. Las ratas comen las entrañas. El victimario es un hombre uniformado, de manos delicadas.

No sé si podrá escapar. Murmullo de viento en la ventana. El río marrón roza la costa dejando su huella. El viento del sudeste arrastra la arena.

El sonido del teléfono interrumpió sus pensamientos. Lucía llamaba para decirle que su madre había fallecido. La enfermedad de Ana Isabel, de origen cardíaco, se había agravado. En los últimos días ya no podía caminar, se quedaba acostada en su cama protegida por un suave cobertor. Luciano estaba ausente en el campo. Pablo lloró por la pérdida de su madre, la impotencia de no haber podido correr a su lecho de enferma, su duelo a la distancia. Después la tristeza, el retiro y el silencio. La familia optó por un entierro tradicional. Con lágrimas en los ojos, Lucía, su sobrina dilecta, habló a la concurrencia de su dolor y el de Pablo en un país lejano.

23

Meses después Lucía le comunicó la noticia, viajará a Madrid invitada para participar en un recital de poesía.

- ¡Podré encontrarte! – expresó su prima con entusiasmo.

- Te alojarás en mi casa, podremos conversar, estar más tiempo juntos -

Pablo tenía cuarenta y seis años de edad. Hacía cuatro años que vivía en Madrid. Fue a buscar a Lucía al aeropuerto de Barajas. Inquieto, esperaba en el vestíbulo de recepción de viajeros. El letrero electrónico confirmaba que el avión proveniente de Buenos Aires ya estaba en tierra. Comenzaron a salir pasajeros empujando sus carritos de equipaje. ¿Cuándo saldrá Lucía? ¿Habrá cambiado en estos años? Se reinició la salida de viajeros y distinguió a Lucía empujando su carrito. Sintió emoción al verla. Ella traspuso la puerta de salida, dejó a un costado el carrito con la valija y los primos se abrazaron fuertemente.

Pablo colocó la valija en el baúl del auto y la invitó a subir. Eran las siete de la mañana, el tránsito fluido en la autopista en dirección al centro de Madrid. Lucía miraba el paisaje urbano que se deslizaba ante sus ojos. Pablo preguntó por la familia.

Le mostró el espacio del departamento, el dormitorio donde dormiría esa noche. Se sentaron a conversar alrededor de un café. Lucía habló del recital de poesía en el que participaría al día siguiente a las 19 horas.

-En la oficina saben que llegaré más tarde- le dijo Pablo.

Lucía se recostó y cuando despertó miró su reloj, había dormido dos horas, mediodía. Encontró en la alacena y la heladera provisiones para un almuerzo ligero. Se vistió con un pullover para protegerse del aire fresco y salió a pasear. Caminó por un barrio modesto contiguo a la estación de ferrocarril Atocha, siguió por una avenida con edificios de departamentos de cuatro o cinco pisos sin balcones y negocios en la planta baja. Una moto en la vereda. Llegó al comienzo de la Avenida del Prado donde los árboles tenían un follaje de hojas grandes y verdes.

Pablo retornó al departamento y preparó la cena mientras Lucía tendía la mesa.

Al día siguiente, después del desayuno, Pablo partió a su trabajo. Lucía salió a caminar. Volvió temprano para descansar y prepararse para su presentación.

Salieron rumbo al Ateneo de Madrid. Lucía vestía un pantalón de lino, camisa y un simple chaleco de lana. El cabello peinado hacia atrás realzaba su rostro.

Lucía se presentó al organizador del evento. Le indicaron que se sentara en la primera fila de butacas, Pablo a su lado. El público ingresaba al salón. En poco tiempo, el recinto estaba casi completo. Se apagaron las luces excepto las que iluminaban el atril. Cesaron las conversaciones. Se hizo un silencio absoluto. El maestro de ceremonias anunció el evento, que comenzaría por la lectura de poemas de "Campos de Castilla", de Antonio Machado. El público acogió al poeta con aplausos. Lucía recitó en voz muy baja el verso de Soledades:

Está en la sala familiar, sombría,
y entre nosotros, el querido hermano
que en el sueño infantil de un claro día
vimos partir hacia un país lejano.

Después comenzó el recital de poetas invitados. Una mujer y dos hombres se sucedieron en el estrado. El sonido de la palabra castellana. ¿Simbolismo mezclado con romanticismo? Cuando oyó su nombre, Lucía Téllez se levantó y subió al estrado. Frente al micrófono miró a la multitud de rostros, ojos devolviendo su mirada.

Recitó tres poemas. Verso libre, aunque las palabras mantenían una cadencia, una cierta musicalidad. Expresión de tristeza y soledad a veces, cielo de estrellas, pájaros y el mar. El público acogió sus versos con aplausos sostenidos. Recitaron otros dos poetas jóvenes. Prudente, Pablo esperó hasta el final de la tertulia para abrazarla.

-Qué quieres hacer? – preguntó Pablo.
-Ir a casa, estoy fatigada- contestó Lucía.
Se durmieron recién al despuntar la aurora.

24

Sentados ante una mesa de café en la plaza contigua al Museo Nacional de Ciencias Naturales. Lucía habló de sus impresiones de Madrid, le gustó la Fuente de la Cibeles, el espacio de la plaza, la escultura de la diosa sobre un carro tirado por leones. Destacó la amabilidad de los madrileños, alguien la acompañó para indicarle una dirección.

Pablo preguntó cuándo comenzó a escribir poesía. Ella agradeció la influencia de su padre que le hizo conocer la poesía, abandonó el piano, deseo de su madre-

- ¿Qué poetas lees? -

- Me gusta mucho Baudelaire, también leo a menudo poesías de Yeats, pero en realidad me siento convocada por los temas de Borges. ... –

- He leído cuentos de Borges, pero no su poesía- dijo Pablo.

- Uno de los libros que fue conmigo a través de diferentes espacios es "El Hacedor". Siempre lo hojeaba para encontrar una frase, una palabra, un símbolo, algo que está en sus versos. Ese algo poético e inexplicable que nos conduce invariablemente a nosotros mismos. Tanto lo he leído que puedo recitarte alguno de los versos de ese libro:

"A veces en las tardes una cara
nos mira desde el fondo de un espejo;
el arte debe ser como ese espejo
que nos revela nuestra propia cara."

Pablo la escuchó con emoción y entusiasmo y quizás los versos lo llevaron a sí mismo, comenzó a hablar de su tiempo en el exilio. Los cambios que ocurren cuando se pierden los objetivos que se han fijado, cuando fuerzas externas obligan al alejamiento de la familia, de las instituciones que dan marco al trabajo y se encuentra desestructurado el futuro más inmediato. Hay que rehacerlo todo.

En su casa, Pablo le propuso viajar juntos a París, pasando por Provenza para visitar la casa donde vivió Fabre, ídolo de su juventud.

Se sentían bien viajando juntos en el pequeño avión que los conducía a Marsella. Alquilaron un pequeño Renault y se dirigieron a Avignon donde se alojaron en un hotel cercano al Palacio de los Papas. A la mañana siguiente salieron hacia el norte entregándose al ardiente sol del verano provenzal y al aroma de las plantaciones de verbenas. A sólo treinta kilómetros de Avignon, en la aldea de Serignan du Comptat, encontraron el Harmas, nombre que Fabre dio a la hectárea de tierra donde vivió y trabajó hasta su muerte, a los noventa y un años de edad.

Después de pasar el portal del muro de entrada a la propiedad, un sendero los llevaba de manera rectilínea a la casona museo, de color pálido y ventanas con celosías abiertas, rodeada de árboles y matas de espinos, groselleros salvajes, romeros y lavandas. Lucía sintió el aroma rural mediterráneo y fue a desgranar una flor de lavanda, que dejó perfume en sus manos. Los objetos denotaban la vida cotidiana de la familia en la casona, la mesa del comedor de patas torneadas, la biblioteca vidriada con las colecciones y publicaciones, el piano donde el maestro componía la música de sus poesías provenzales y el pequeño escritorio en el gabinete de trabajo donde Fabre escribía.

Pablo concentró su interés en la inmensa colección de insectos y caracoles, el herbario, dos cartas de Darwin y el globo terráqueo. Al salir al jardín encontraron la variedad de plantas y los estanques donde se realizaban los estudios de insectos acuáticos y libélulas. Pablo inclinó su cabeza en señal de respeto ante la estatua de Fabre erigida en la plaza de Serignan.

Regresaron a Avignon. Al día siguiente, en la estación ferroviaria subieron al tren Mistral para viajar a París. Lucía se hallaba sentada frente a Pablo, semidormida, los ojos entrecerrados, la cabeza apoyada sobre el respaldo del asiento. Abrió los ojos y descubrió que él la miraba. Esbozó una sonrisa burlona, extrajo un libro y se concentró en la lectura. Pablo la invitó a acompañarlo hasta la cafetería del tren. A través de los ventanales del vagón se deslizaban ante sus ojos las ondulaciones de la campiña francesa. Por fin vieron el paisaje de galpones, depósitos y trenes vacíos que anunciaba la llegada a París.

Temprano en la mañana algunos rayos de sol llegaban al Campo de Marte. Pablo tenía de la mano a Lucía mientras ascendían a la cima de la Torre Eiffel y se asomaban al inmenso panorama de la ciudad entera. Lucía habló de la sensación de espacio, de vacío, de los colores del cielo. Mirando el Sena desde lo alto de la torre, Pablo recordó que el transporte fluvial era el medio de traslado de pasajeros y cargas en París en épocas antiguas. El Hotel de Ville era el puerto donde descargaban mercadería los barcos de poco calado que entraban en El Havre para recorrer el río hasta la ciudad.

Caminaron al borde del Sena llegaron a la isla de la Cité. En el camino, Lucía miraba los puestos de bouquinistas que vendían libros usados y de ocasión. Compró una lámina cuyo título escrito en caracteres antiguos indicaba un grabado del plano de París de fines del siglo XV. El plano mostraba que en esa época París comprendía sólo la Isla de la Cité y una estrecha franja en la margen derecha desde la Bastilla hasta el Louvre. En la Isla se detuvieron en el atrio de la Catedral de Notre Dame, impresionados por su armonía y grandiosidad. Pasaron a la isla de San Luis y almorzaron allí. Caminaron a lo largo de los quais disfrutando el paisaje que componían los brazos del río, las barcazas pasando bajo los puentes y en el último plano, los edificios de la margen derecha donde se destacaba el Hotel de Ville.

Cruzaron el río y caminaron en el Marais hacia la Place des Vosges. Mirando desde la reja, la plaza se veía como un espacio íntimo donde las familias se sentaban en el césped con los niños, cerca de las fuentes. Entraron a la plaza, caminaron por los senderos de pedregullo y se sentaron a conversar en un banco. Ella fue a mirar vidrieras y a hacer compras. Pablo tomó fotografías de detalles distintivos del barrio, porches abiertos con solado adoquinado, farolas de hierro, figuras de piedra sobre los portales.

Cuando fueron al Palais Royal, Lucía subió a una de las columnas bajas de la instalación de arte de Daniel Buren y adoptó una pose de estatua mientras Pablo la fotografiaba. Deambularon luego por los jardines del palacio.

El último día decidieron efectuar una larga caminata por las grandes avenidas Haussmanianas cuyo estilo siglo XIX se consideraba la imagen de lo bello.

Llegaron a Madrid en un vuelo directo. Al llegar a su casa, Pablo miró la expresión de Lucía y comprendió que pensaba en su inaplazable retorno a Buenos Aires. Recordaron la realidad de los dictadores Videla y Pinochet en el poder y el peligro de guerra con Chile, pero su conversación se centró en la tristeza de su próxima separación.

-Quizás las dictaduras terminen pronto y podremos vernos- intentó animarla Pablo.

-Es difícil preverlo- dijo Lucía abrazándolo con lágrimas en los ojos.

25

Luciano sintió un dolor desacostumbrado en el bajo vientre y cierta dificultad al orinar. Decidió llamar a su médico de cabecera, el Dr. Lorenzo Viotti, quien lo citó para verlo al día siguiente en su clínica de Vicente López.

Caminó las pocas cuadras de su casa a la Clínica. Se sentó en la sala de espera y hojeó sin interés las revistas dispuestas sobre una mesita. Cuando llegó su turno, el Dr. Viotti lo hizo desvestir y sentar en la camilla. Lo revisó, le preguntó si fumaba, si había sentido debilidad y dificultades para orinar:

-La enfermera lo va a acompañar a una habitación donde le dará un recipiente para un análisis de orina y un técnico vendrá para tomar una ecografía -

Entregó el recipiente con la muestra de orina a la enfermera y el técnico lo hizo recostar en la camilla. Lombardi sentía el cuerpo del técnico apoyado contra él y oía los sonidos de sus propias pulsaciones. Al cabo de cierto tiempo, la enfermera le comunicó que el Dr. Viotti había determinado que debía hospitalizarlo. Lo ubicaron en una habitación individual donde ser recostó en la cama, vistiendo el camisón abierto que encontró sobre una silla.

Luciano se comunicó por teléfono con Elizabeth diciéndole que se quedaría hospitalizado en la Clínica del Dr. Viotti y que informase a su padre. Los Lombardi siempre recurrían al Tío Gabriel como médico.

El comerciante comió con apetito la sencilla comida hospitalaria que le trajeron en una bandeja, una enfermera acudía a controlar su temperatura y presión sanguínea. A la hora del crepúsculo, entró a su cuarto el doctor Viotti, que hacía su recorrido vespertino de visitas a los pacientes, le dijo que se había detectado sangre en su orina.

Lucía y Elizabeth llegaron de visita acompañadas por el Dr. Téllez, a quien el Dr. Viotti convocó para realizar una consulta médica. Después de saludar al paciente, su cuñado salió para reunirse con su colega Viotti. Los médicos debían decidir el tipo de tratamiento para el cáncer, que no había invadido la capa muscular de la pared de la vejiga. Acordaron aplicar un tratamiento de quimioterapia seguido de cirugía a fin de extirpar toda la vejiga y los ganglios linfáticos cercanos. El procedimiento quirúrgico se llevó a cabo con un corte en el abdomen, lo que requirió una semana de permanencia de Luciano en el hospital. El Dr. Viotti le había prometido que podría reanudar sus actividades normales en varias semanas. La promesa no convenció al paciente, temeroso de lo que podría acontecer en el futuro. Desconsolado ante la necesidad de utilizar la "vejiga artificial". Pasaba el día en la cama, mientras el goteo del suero que caía desde el saco transparente marcaba el tiempo. Comía la comida sin gusto que le traían a mediodía y al atardecer. Los ramos de flores que habían traído sus sobrinas, dispuestos en un florero sobre la mesa, no mejoraron su humor. Tampoco le dio ánimo el llamado telefónico de su hijo desde Madrid.

Luciano dormía. Durante el día, la piel de su rostro se contraía expresando inquietud, pero en el sueño se distendía dejando a la vista ojeras profundas bajo los ojos y la certidumbre de su delgadez. El anciano se preguntaba cuándo podría contemplar otra vez la arboleda del campo, el suave movimiento de las hojas con la brisa, cuándo volvería a montar a caballo. Era un Júpiter tonante que había perdido el trueno de su voz.

Cuidaba a Luciano una enfermera. El enfermo se quejaba de dolores. El doctor Viotti acudió a revisarlo en su habitación. El anciano fue operado por segunda vez, se detectó metástasis del cáncer hacia otros órganos con peligro de invasión a los huesos e incluso al pulmón. Las sobrinas llamaban con asiduidad y Lucía se comunicaba con Pablo para darle noticias del estado del enfermo. A pesar de su debilidad, Luciano se preocupaba por la guerra de las Malvinas, que había comenzado el 2 de abril de 1982 con el desembarco argentino en las islas. El anciano falleció, solo en la noche, antes de la derrota que contribuyó al fin de la dictadura.

26

En 1983 se abrió en la Argentina un período de esperanza. El fracaso en la guerra de las Malvinas contribuyó al reemplazo de la dictadura por un gobierno constitucional. La prédica del Dr. Raúl Ricardo Alfonsín contra le guerra y la violencia, la consolidación de la democracia, paz en la sociedad y respeto de los derechos humanos, lo llevaron a la presidencia de la República. Muchos argentinos exiliados en el extranjero decidieron volver al país para sumarse a las tareas de la reconstrucción nacional.

Pablo abandonó España un viernes por la noche en noviembre de 1984, después de siete años de exilio. Se despidió de sus amigos, de Covarrubias y el personal de la oficina, a sus colegas del Museo y abrazó a sus compañeros chilenos, a quienes prometió ayudar dado que algunos partirían a Buenos Aires para acercarse a su país. Regaló sus enseres personales. Preparó una valija y un maletín con sus pertenencias y un taxi lo llevó al aeropuerto de Barajas. Comenzaba una nueva etapa de su vida. Nunca olvidará Madrid.

Sintió emoción cuando divisó tierra al acercarse el avión al aeropuerto de Buenos Aires en la mañana temprano. La visión de la llanura, casas dispersas en la periferia. El avión tocó tierra y carreteó por la pista, suspiro de alivio. Saludó a la empleada de migraciones, recuperó la valija y pasó por la aduana en silencio. La sorpresa de ver a los mellizos, Marcos y César, jóvenes altos, de veintiuno años de edad, que sonreían mientras su madre, Lucía y Horacio lo abrazaban.

Accedieron a la ciudad en dos automóviles. Pablo estaba atento a los cambios en un paisaje que no veía desde hacía siete años. Era un día de cielo despejado, con sol.

Pablo se quedó solo en el silencio de su departamento. Ordenó ropa en el placard. Se dio una ducha, se recostó, había dormido poco en el avión. Cuando despertó a mediodía, se vistió y bajó para dirigirse al cafetín de la esquina. Pidió café con medialunas.

Por la tarde, vinieron a verlo los hijos. Se miraban, sonreían, le preguntaba a cada uno por sus estudios, por sus amigos, conocerse después de tanto tiempo.

Al atardecer del día siguiente, sábado, el tío Gabriel y la tía Rosa organizaron un asado. La familia, sus hijos, sus primas, amigos. Conoció a José Luis a quien saludó con un caluroso apretón de manos. Pablo escuchó comentarios diversos acerca de la situación del país. Las voces optimistas que hablaban de la esperanza de una sociedad democrática, libre. Los "escépticos", que temían las dificultades económicas y de una sociedad dividida después de una cruenta dictadura. Los primeros señalaban los avances, el informe de la Comisión de Desaparición de Personas (CONADEP), el juzgamiento de integrantes de las Juntas Militares, el voto de la ciudadanía favorable al Tratado de Paz y Amistad con Chile.

Cuando volvió a su casa, decidió revisar la correspondencia que había dejado sobre una bandeja el inquilino de su departamento. Un sobre con sello de "documentación oficial" que contenía una citación de un Tribunal de la ciudad de Buenos Aires exigía su comparecencia en razón de un litigio de impugnación testamentaria iniciado por el señor Alfredo Lombardi.

Pablo consultó con el Dr. Enrique Galante, abogado especializado en herencias y sucesiones y lo nombró su representante legal. Le informó de los antecedentes del caso, incluyendo el asalto violento del que había sido víctima. El abogado lamentó que no hubiese efectuado una denuncia policial. En breve tiempo le informó los resultados de sus primeras indagaciones. Su hermano Alfredo inició el juicio sucesorio impugnando el testamento de su padre, aduciendo que no respetó la cuota que le correspondía por legítima privándolo de una parte del patrimonio sin causa justa. Presentaba testigos, entre ellos, el abogado Luis Alberto Romano.

Pablo manifestó conocer al testigo, un abogado deshonesto

que en algún momento había sido concejal municipal y preso por estafas reiteradas. El Dr. Galante aclaró que buscaría testigos adicionales, el escribano interviniente, el encargado del campo. Haría que un experto examinase el patrimonio del denunciante, una chacra en Arrecifes, lotes de terreno en un country club, un automóvil de dos años de antigüedad, cuentas bancarias y valores financieros.

El juicio, que a menudo osciló entre la solemnidad y la farsa, duró tres meses. Experimentó un giro notable cuando el albacea nombrado por el juez, Dr. Alfonso García, declaró que en el análisis del estado financiero del patrimonio se detectaron irregularidades evidentes en la chacra de Arrecifes. Solicitó una pericia a fin de explicar la extracción de gruesas sumas de dinero fuera del gasto habitual en un período de varios años. Compras de insumos y equipos para la producción agrícola ganadera consignadas en el libro de entradas y salidas no figuraban en el inventario realizado. Esto suscitó sospechas de estafa, reforzadas por la declaración del encargado del campo ante el tribunal. Solicitó asimismo un peritaje a realizarse en la chacra vecina de propiedad del demandante, Sr. Alfredo Lombardi y la verificación de firmas en los cheques.

La sentencia del tribunal en el juicio sucesorio ratificó la legalidad de la distribución de la herencia por parte del legatario, Sr. Luciano Lombardi, quien obró con total libertad, sin imposición externa, según lo ratificó el escribano, Sr. Ignacio Fernández Redondo. Sin embargo, las auditorías realizadas dieron lugar al inicio de un proceso penal, a instancias del fiscal, quién acusó al señor Alfredo Lombardi de estafas reiteradas. Un perito calígrafo comprobó la falsificación de la firma del propietario de la chacra en diversos cheques y documentos. Citado el señor Alfredo Lombardi a comparecer al juicio penal, éste no se presentó. Ante la requisa policial, los vecinos manifestaron ignorar su paradero. Pablo no quiso reiterar su error del pasado, se presentó como testigo de la parte acusadora. El juicio penal se suspendió por cierto tiempo hasta que la policía, en respuesta a la citación de tribunal, encontró al acusado en una localidad de la provincia de Buenos Aires, lo trasladó a la Capital y puesto en prisión preventiva, a disposición del juez.

Las pruebas en juicio fueron abrumadoras. La sentencia condenó al señor Alfredo Lombardi como autor responsable de dos delitos societarios de administración desleal y los delitos continuados de falsedad documental, delitos reiterados de estafa y de alzamiento de bienes, quién ha sido parte en el presente procedimiento, defendido por el letrado D. Luis Alberto Romano. La parte recurrente, Campo La Florida, S.R.L., partido de Arrecifes, Provincia de Buenos Aires, fue representada por el Doctor Enrique Galante. El tribunal finalmente condenó al acusado a tres años de prisión, multas y embargo de sus bienes para hacer frente a las deudas que incluían una elevada hipoteca impaga de un campo sito en la provincia de Buenos Aires y las costas procesales.

Durante el juicio, salió a la luz que las maniobras ilícitas de su hermano se habían iniciado inmediatamente después de la firma del contrato societario con su padre. Pablo se preguntó cómo Luciano, tan hábil y astuto para los negocios, no detectó el fraude en los libros contables, no se percató de la desaparición de cabezas de ganado, bolsas de semillas, e implementos agrícolas. Aunque sospechaba que su hermano podía ser culpable de hechos más graves, su nombre nunca fue citado en los procesos a militares y civiles acusados de crímenes durante la dictadura.

Alfredo cumplió su prisión de tres años en un centro penitenciario de la Capital. Perdió prácticamente todo su capital, el campo rematado judicialmente para pagar la hipoteca y gastos del juicio. Salió de la prisión, silencioso, su vida malograda. Tenía cincuenta y un años.

Alfredo se había refugiado en las afueras de Tres Arroyos, una ciudad situada en el sin fin de la pampa ondulada. Todos los días, al anochecer, concurría a un bar-cantina ubicado al borde de la ruta. Era un local modesto frecuentado por camioneros y viajantes de comercio que estacionaban sus vehículos en el terreno contiguo al bar. Los camioneros hacían allí una parada en su viaje de regreso a Buenos Aires o bien se dirigían al sur cruzando la Patagonia. Gente fornida, vestían mamelucos de color azul o gris y camperas abrigadas. Revisaban los neumáticos y el aceite, ajustaban los precintos para asegurar la carga. Entraban al local, comían y compraban bebidas. Después se sentaban en la galería a descansar y fumar. Algún perro errante se acercaba y se echaba a cierta distancia presto a recibir algún bocado.

En el local, a menudo Alfredo se hallaba acodado a la barra con una copa en la mano. Su rostro expresaba sufrimiento, mostraba profundas arrugas en torno a los ojos. Vestía ropas en desorden. Colocaba la copa vacía sobre el mostrador y el patrón la volvía a llenar. Alfredo se dirigía a los parroquianos sentados ante las mesas y a los nuevos clientes que entraban: - ¡Soy Alfredo! – gritaba, haciendo una reverencia, levantaba la copa: - ¡A su salud! – Los asistentes que lo conocían o ya lo habían escuchado, reían y hablaban entre ellos en voz muy baja. Otros mostraban no sentirse destinatarios de sus injurias. Pensaban que sus alusiones a hechos de violencia y actos ilegales eran producto del exceso de alcohol, no realidades. Y aunque fuesen realidad, no aceptaban que Alfredo los señalara como culpables de lo que denunciaba. Sin aceptar ninguna complicidad, se veían a sí mismos solamente como público en un teatro donde se jugaba una escena patética.

Al cabo de muchas copas, ebrio y enardecido, Alfredo se volvía insoportable. Dirigía a voz en cuello rudos improperios e interjecciones a la concurrencia:

- ¡Son todos unos cobardes! ¿Por qué no beben, no brindan? ¿Por qué no cantan? se quedan inmóviles como autómatas. Fingen ser inocentes, miran para otro lado, pero a mí no me engañan. ¡Claro, aquí no ha pasado nada! Yo no tengo nada que ver… ¡Si se los llevaron es porque algo habrán hecho! ¡Pero todo se sabe, se sabe todo lo que han hecho! ¡Secuestros y torturas… eso es lo que han hecho! -

Una noche, un hombre corpulento, también borracho, se levantó exclamando:

- ¡Usted, que tiene malos modales y palabrotas en la boca, cállese! – y le pegó un puñetazo. Alfredo cayó pegando su cuerpo contra el mostrador. Se oyó ruido de cristalería rota, de su boca manaba sangre. El patrón y un parroquiano lo transportaron a la habitación contigua tras una cortina de tela. El rápido procedimiento probablemente tenía por objeto ocultar el hecho ante la posible entrada de un agente de policía.

Apenas recuperado, Alfredo caminó trastabillando en la penumbra y el frío, para volver a la tapera donde se refugiaba, al borde del pueblo. Durmió unas horas y despertó con un fuerte dolor de cabeza. Un desfile de imágenes poblaba su mente, recuerdos de la infancia. Rememoraba aquella escena en la piscina del Club donde ganó la carrera logrando aclamaciones, mientras que su hermano se fabricó una enfermedad para ahogar su fracaso y retener a los padres. En esa ocasión, Luciano lo aplaudía con entusiasmo. Recordaba su rostro sonriente y de inmediato, otra imagen borraba ese padre y surgía el otro, el padre que necesitó cuando era niño y no llegaba antes de dormir, ni cuando fue adolescente y se quedó solo con sus angustias. El paralelo de la evolución de su vida fue la degradación completa de la figura del padre. Su madre tampoco lo sostuvo, terminados los cuidados de la primera edad concentró su atención en Pablo. Siempre Pablo, con sus éxitos escolares, sus lecturas, su capacidad de relacionarse con el abuelo. Alfredo se veía a sí mismo desafiando normas con la moto, disipando su adolescencia en gestos de rebelión que nadie sabía interpretar para responder a lo que expresaba, un llamado. Pedía un don, no objetos. Objetos que Pablo resentía como un privilegio que se le otorgaba a su hermano menor y lo hacían reaccionar con violencia y cólera que agrandaban el abismo que los separaba.

En esa casa abandonada y oscura, cada noche Alfredo intentaba encontrar algún alivio a una historia de celos que se fueron transformando en odio. Tenía sobre una mesa una muy vieja foto de Médanos, donde Pablo y su padre recorrían a caballo los potreros del campo. Mirándola, sentía que tampoco ahora podía tolerar la soledad y frustración que durante los años de su juventud lo empujaron a la violencia. Reiteradamente, volvía al momento en que comprendió que su padre lo había excluido de una parte de la herencia, que lo había excluido del reconocimiento de la descendencia.

Ya lo había excluido cuando intentando acercarse al padre le propuso trabajar en sociedad. Luciano organizó una reunión ceremoniosa en la oficina de un escribano, pero nunca asumió el rol de socio. En realidad, ignoró a su hijo y continuó actuando como "el patrón". Alfredo no tardó en organizar su venganza mediante la estafa y el robo.

Otra escena de violencia ensombrecía sus noches. Alfredo nunca cesó de buscar a su padre. Cuando se acercó a la casa familiar para pedirle dinero, lo único que recibió fue negación y rechazo. ¿Por qué fue a ver a su padre? Él sabía que fue a intentar acercarlo. En vano. Si le apuntó con un revólver fue violencia como respuesta a otra violencia.

Alfredo vivió solo toda su vida, sin padres, sin hermano, hizo relaciones fugaces e inconsecuentes.

Era el mes de septiembre de 1988. Pablo recorría a caballo los potreros del campo, verificaba el estado de la hacienda, los bebederos. Encontró dos animales enfermos, alambrados caídos. Sus hijos, muy atareados con sus estudios, no habían venido con él. Lo acompañaba el nuevo encargado, como lo hacía Don Enrique con su padre en la chacra de Médanos.

Desde que vino por primera vez, después de terminado el juicio, hizo un intenso trabajo para mejorar y rentabilizar el campo. Había encontrado la chacra en un estado lamentable. La casa con manchas de humedad, goteras en el techo y un nido de avispas en la chimenea. El galpón vaciado de herramientas, aperos e implementos agrícolas. El camino de acceso convertido en un barrial. Desaparecidos los colmenares. La quinta de legumbres y frutales mostraba un triste estado de abandono. No hubo cosechas durante años. Se separó del encargado y, con el caballo al trote entró a la manga que llevaba a la casa. Comprendía que la tarea que faltaba emprender era enorme y no sabía si era posible salir adelante. Miraba desanimado su propiedad.

Cansado, se sentó en la galería y las sombras de la noche que iban acercándose, actualizaron los temas de la constelación familiar y suscitaron su angustia. Revivía el juicio y el final con su hermano condenado. Se explicaba su posición diciéndose que había exigido lo que le correspondía de acuerdo a derecho. Acentuaba su voz interior, argumentando que en su condición de ciudadano no había buscado venganza ni ventaja, sino lograr que se cumpla la ley. En la democracia que se buscaba construir, el estado de derecho exige que los conflictos se resuelvan en el marco de la ley. Sin embargo, lo que atormentaba a Pablo en ese anochecer, era que en el momento en que se producían en él todas esas elucubraciones, él sabía perfectamente que había un conflicto fundamental en la raíz de esa larga historia de odio que dio forma al desmoronamiento de la familia y a la agresividad creciente entre él y Alfredo. La verdad del sentimiento de pérdida y el deseo de muerte estaban en él desde que nació su hermano, su rival.

Desde pequeño, Pablo buscaba una explicación a la pregunta "¿de dónde vienen los niños?". Le preocupaba el origen de Alfredo, ese intruso que había venido a desplazarlo. En el corazón del conflicto estuvo siempre el sentimiento de injusticia. Ahora, Pablo pudo dar respuesta haciendo justicia. Logró poner en prisión al hermano, excluirlo de la vida, como el hermano lo había excluido del amor de los padres.

Se puso de pie en silencio, caminó lentamente, entró a la casa, subió la escalera y ascendió al torreón. A través de la ventana miraba las sombras de la arboleda. Más allá se adivinaba el espacio interminable de la llanura. Se sentó al escritorio, pero no escribía, estaba solo, con su culpa.

.

OTRAS OBRAS EL MISMO AUTOR

Luz de Vitral

La Decepcioón

Resonancias de Don Juán

Place Des Vosges

Un Pájaro que Canta

www.ingramcontent.com/pod-product-compliance
Lightning Source LLC
Chambersburg PA
CBHW050829180626
46814CB00004B/1533